書中自有

五環戰士

Volume **1** 法國篇

i. 唸出書名，就是召喚書靈的咒語。

ii. 成書年分愈久遠的書，
擁有愈強大的力量。

iii. 只有熟讀全書，領悟著作的真諦，
才可以召喚出該書的書靈。

Contents
【法國篇 • 目錄】

此書的所有內容純屬虛構，如有雷同，實屬巧合。

法國簡介
République française
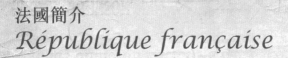

隸屬法蘭西共和國，本土版圖呈六角形，
位於歐洲西部，首都巴黎，與英國隔海相望。
自十三世紀以來，法國就成為了世界文化中心之一。
1789年，法國大革命爆發，
推翻了封建制度及君主制，民主制奠基。
革命時期，巴黎國民自衛隊以藍、白和紅三色旗
為隊旗，即是現今的國旗。
據說三色分別代表法國的國家格言：
「自由、平等、博愛。」

翻開書，進入幻想的世界——

Chapter 1
納尼亞傳奇
The Chronicles of Narnia

納尼亞傳奇
The Chronicles of Narnia

1

「印刷術可稱為『文明之母』,基督教利用活字印刷來翻印聖經,對宗教的發展起了莫大的作用⋯⋯有了紙和印刷術,古代的知識流傳至今,變成一本又一本書⋯⋯」

又是呵欠連連的歷史課。

書?這是電子化的時代,書不離手的乖學生都是怪人!就算是做閱讀報告的功課,我也只會上網找資料,敷衍應付了事。

別看我一副吊兒郎當的模樣,我唸的可是校內的精英班。雖然本人極度討厭讀書,但因為我「抄錄和彙整資料」的技巧已經出神入化,我的閱讀報告經常得到極高的評分,只要有DR. GOOGLE,我根本連書也不用碰。

縱使正在上課，我的同學也沒有盯著黑板，而只是盯著抽屜裡畫面閃爍的掌上遊戲機。唉，老師講課的聲調呆板也就罷了，樣貌又不討好，真的很難令人提起勁兒上課。

正在授課的劉老師是全校最好——最好欺負的老師。

大家也清楚他這種人在社會上無法生存，要不然也不會帶著博士學位來中學教書……十五歲的中學生都很反叛，他最好小心一點。師生互相體諒，河水不犯井水，只要沒有學生投訴，相信劉老師可以穩收厚薪終老。

我的目光忽然停了在斜前方的少女身上。

她叫妮妮，頭髮偏淡色的冷美人，一張混血兒的臉。

因為頭髮的顏色，訓導組曾懷疑她染髮，結果訓導主任被她呈上去的醫學證明文件堵得沒話説。

現在，和大多數同學一樣，她的一雙妙目也盯著抽屜裡的東西。

「天堂雙屏」是風靡全城的便攜式掌上遊戲機，配合一塊叫「R頭四」的邪惡裝置，便能夠用「N合一」的免費方式來玩盜版遊戲。

沒錯，遊戲機是遊戲機，顧名思義，當然是用來玩遊戲的。可是，妮妮的「天堂雙屏」裡儲存了8GB的電子書，據説她只會把這部遊戲機當成閱讀器，簡直是暴殄天物……

有的男同學不明就裡，邀她連線對戰，結果當然碰了一鼻子灰。在班上，她瞧不起同齡的男生，覺得他們太幼稚，所以很多男同學都不敢惹她。

突然間，我收到一個手機短訊：

「今天放學，記得我們的約會吧？NN」

「NN」是一個代號，隱藏了發訊人的姓名。

誰也不知道，我與妮妮有著不可告人的關係。

我記得那天是九月三日，即是上個月，新學期的第三天，她放學後竟然一路跟在我的後面。起初，我有點困惑，還以為只是回家的路線相同，直到她跟著我走入升降機，再跟著我來到同一個門口前。

記憶中，那一刻，她對我的態度近乎不瞅不睬，大搖大擺地吃著冰淇淋。

我十分訝異，但無懼被美女侵犯，硬著頭皮問：

「妳一路跟蹤我，究竟有何貴幹？」

妮妮直呼我的姓名，冷不防說：

「方士勇，兩個月前的期末考，我看見你作弊。」

若要人不知，除非己莫為……我連老師都瞞騙過去

了，沒想到竟被她這毫不相干的人目睹了。

我的愕然只是一瞬間，很快接著問：

「妳想勒索我？」

「對，我有一個要求。」

「要求？甚麼要求？」

「方士勇，我要做你的女朋友。」

真正的驚愕在於這一句話。

我是為了獎金才作弊的，爸爸與我的關係，也是建立在金錢上的關係，有時他對我真的無可奈何，知道硬的方法一定不成，便使出軟的招數，唯恐有一天我這個獨子誤入歧途，繼而犯下「有辱父譽」的嚴重罪案。

由於獎金太吸引，我當然豁了出去，全力作弊，結果出來的成績令眾老師不敢相信，還以為喚醒了一個天才學生的潛能，把我編入精英班重點培訓……

故此，我和名列前茅的妮妮才成為了同班同學。

在沒有吃虧的情況下，我答應了妮妮的要求，要暗中和她交往，卻又不可將我倆的關係公諸於世。

「不過，你竟有勇氣在訓導主任和副校長巡視的試場裡作弊，這一點我真的非常佩服你。」

交往至今，這是她對我唯一的讚美了。

我也不是呆子，彼此有名無實，毫無身體接觸，也未曾從她那裡感受到一絲愛意……這樣的情侶關係，連我自己也感到懷疑。

「妳喜歡我……到底有甚麼理由？」

其實，我想問的是「妳接近我有甚麼企圖」。

「你身上有書卷味。」

這樣也算是理由？

雖然我的確出身自書香世家，家中有十幾座書架，但我對妮妮的說詞難以盡信。

果然，她很快露出了狐狸尾巴，借故把一堆烤焦了的難吃曲奇餅送給我，逼我吃掉又逼我回禮──原來她知道我爸爸是大學的資深教授，要我從爸爸的書房偷一條「鑰匙」給她。

恰好爸爸到國外出差，大人不在家，我要偷「鑰匙」簡直不費吹灰之力。

當日放學，回家換過便服之後，我依照和妮妮之間的約定，與她在鬧市見面，一前一後走上公車。

車程不短，大概有一個小時，妮妮無意和我聊天，而我看到她手上拿著一本叫《The Chronicles of Narnia》的英文書。

「納尼亞傳奇？」我心想。

此書講述四個孩子打開一個神奇的衣櫃，偶然進入了一個魔幻的王國……改編電影早在電影院上映了，當時隨便走入地鐵站也瞧得見它的宣傳海報。

不過，早在電影上映之前，我對整個故事已經耳熟能詳。一日一章節，都是由媽媽親口唸出來的內文，那是我童年裡最幸福的樂事，我經常嚷著要媽媽在床邊講故事。

當我和同學在電影院裡嘻嘻哈哈，盯著大銀幕，到了獅王亞斯蘭犧牲自己的一幕，在沒有預兆之下，我竟然流下了男兒淚。

那時候，我倉皇地解釋：有爆米花吹進了眼睛。

其實，我想起了已過世的媽媽。

我媽媽是個基督徒，她知道在原著中，原作者路易斯加入了有關教仰的象徵元素。據說，獅王亞斯蘭就是隱喻上帝的兒子耶穌，為了換取背叛者艾文的性命而作出犧牲，這段劇情蘊含了耶穌被釘十字架蒙難而復活的典故……

媽媽離世之後，我再也沒有好好讀過一本書了。

我和爸爸的關係一直很差……

言歸正傳，終於到站了，我和妮妮下車，一同前往大學的圖書館。

樓高六層的圖書館裡，有個普通學生無法擅進的「罕有書籍藏書室」。

那間「罕有書籍藏書室」的入口，還煞有介事用上奢華的歐式木門，隔著木框的菱形網紋，亮著神秘的燈光，這簡直是惹人犯罪。

我爸爸的鑰匙，其實是一張電子磁卡。我和妮妮趁著無人看見，便用電子磁卡開門，讀卡儀的綠燈一亮，迅即從門隙竄入藏書室裡。

連我也忍不住發出驚歎，這藏書室果然不同凡響，全室鋪著高級地毯，連書架也是金光閃閃似的，似乎還有中央恆溫的設備，要不是書海浩瀚，還真的以為自己來到了有錢人的酒窖。

我瞅了妮妮一眼，看見她雙眼發亮的樣子，便問：

「妳要找甚麼？」

「一本很舊很舊的書。」

對著我困惑的樣子，妮妮居然視若無睹，逕自從背包裡拿出掌上遊戲機，接著插上一個錄像鏡頭似的裝置。

只見那裝置射出一道紅線，在書架上逐行橫掃，而一些深奧的數據顯示在遊戲機的屏幕上……

我結結巴巴地問：「妳……在幹甚麼？這……這是甚

麼東西？」

「這是我發明的裝置，可以即時探測碳十四的反應，讓我找到我要找的古書……算了，你太笨，不會明白的。」

我愣然地看著妮妮，心裡大叫——

拜託！我們只是中學生，她怎可能發明出這種東西？

外星人！她一定是外星人！我有危險了。

正自惶惑之際，我看到她似乎發現了甚麼，壓住裙子跪了下來，在書架的最底層取出一本硬皮書。那本書看來很古老，封面四邊鑲著金箔，名貴非凡。標題我不會唸，總之是一種我完全陌生的語言。

那一刻，我彷彿看到那本書閃著一種奇異的光芒。

我忽然想起了媽媽，聽著她說故事的聲音抱枕入睡，在朦朧的夢境中，似曾看過相似的光芒……

打開衣櫃，就是另一個世界。

翻開一本書，就進入了幻想的世界……

Chapter 2

地心歷險記

Voyage au centre de la Terre

地心歷險記

Voyage au centre de la Terre

1

　　我和妮妮在大學的「罕有書籍藏書室」，找到一本古老的書。

　　書的封面有個閃著金光的圖案……總共是五個環，上面三個下面二個，這圖案……竟然和奧林匹克運動會的徽號一模一樣。

　　妮妮把那本又厚又重的書平放在閱書架上，兩旁的燭台形擺設怪異突兀，令她看來像個走上祭壇的巫師。我悄悄走到她的身後，當她翻開硬皮封面的一刹那，彷彿由書裡吹出一陣微帶舊書紙氣味的烈風。

　　我倆的目光霎時一亮。

　　扉頁上有個黃色的拓印圖案，一對眼，長著羚角……

這個⋯⋯這個圖騰⋯⋯

「這不就是某屆奧運會的吉祥物嗎？」

我直接吐出心裡的話。

妮妮卻搖了搖頭，指著那個圖騰，莫測高深地說：

「不，雖然很相像，這是冥界之神『Yīn』。這本書來自很古老的年代。不信的話，你自己看看⋯⋯」

由於媽媽生前曾在圖書館工作，我無意間也學會了一些圖書方面的知識，很清楚要調查一本書的背景，最佳著眼點就是翻閱那本書的版權頁。

那本古書的來歷真的神秘萬分，竟然是一本人手抄錄的書，可都是些怪符號一般的文字，我全然讀不懂。摸起來，紙質奇特，有點像衛生紙，但又有一點藥草的氣味，吸久了可能就會上癮。根據圖書館的登記標籤，年分那一欄填著「UNKNOWN」，即是「年分不詳」的意思⋯⋯也許正如妮妮所說，這本書來自一個久遠得無法考究的年代。

「這本書有甚麼特別嗎？是魔法書嗎？」

我隨便開個玩笑。

沒想到妮妮一臉認真地回答：「五環之書⋯⋯這本書是『五環書』之一，這樣的書一共有五本，只要集齊它們的話，就可以召喚出傳說中的『黃金五環戰士』。」

召喚？五環戰士？甚麼對白啊？我倆明明是正常的中學生，她竟說出這番沒頭沒腦的話，我雙眼不瞪得老大才奇怪呢！

那一刻，我腦子裡只浮現出「五個怪東西組合成機器人的滑稽畫面」。

「請原諒我……一想到那五個東西可以『合體』，要我忍笑真的很難。」

儘管受到我的揶揄，妮妮竟是一點也不在乎，轉身將那本書擁入懷裡，如釋重負地苦笑了一下。

一種憂傷的感覺如針一般的刺進我的感官。

我不明白她的臉上為甚麼會出現那麼悲傷的神情。

在將來，在很久很久之後，在萬波黑海與夜空融合的岩石上，千顆星星的淚雨掉在地上，我又再看到她那種承受著無數悲痛的眼神，那種似曾相識的感覺，才令我驀然領略到她這一刻的心情……

她可能有著不為人知的秘密，但對著我，我相信她無時無刻都打著壞心眼——

妮妮盯著我，理所當然的語氣：

「你幫我偷這本書出去！」

她……她怎麼可以說出這種邪惡的話！

這種罕有的古書一定有防盜磁帶，大學圖書館到處都有監視鏡頭，門口的警報系統不是用來嚇人的紙老虎。

妮妮到女洗手間視察之後，想出一個妙計，就是由洗手間的窗口把書扔到地面，然後由我接住，借此繞過正門出入閘口的檢查。

坦白說，我做慣壞事，這種事只是小菜一碟，舉手之勞也。我輕輕歎了口氣，便答應了妮妮的要求。

妮妮竟然說：

「方士勇，謝謝你。」

我驚得面色煞白，大聲呼叫：

「嗄？妳今日吃錯了藥嗎？」

要知道，跟她相識以來，她對我的態度有如皮鞭對待畜生一樣，從沒說過半句尊重我的好話……而且經常勞役、威脅和恐嚇我……她忽然間性情大變，說出一句答謝的話，我不被嚇死才怪。

妮妮噗哧一笑，然後向我做了個鬼臉，又用手指在自己頭上弄了個牛角，我猜想這是她叫我快下地獄的手語。

雖然平時有點怕她，但我不得不承認，有時候她還是有可愛的一面。

好了，完成這件苦差，我就可以回家抱頭大睡了。

我兩手空空，逕自溜到圖書館外面，看了看建築物的外牆結構，大概弄清了位置，就走到那排窗口的下方。我盯著二樓，裝作偶然路過，吹著口哨，一時低頭，一時仰臉，等著妮妮探出頭來。

等了很久，妮妮依然沒有探出頭來。

「真奇怪！她這傢伙在幹嘛？不會是走進廁所，只顧和馬桶先生談戀愛吧？她今日神秘兮兮的，難道是生理期？女人女人，真是令人難以理解⋯⋯」

我不禁抱怨起來。

可是，我一直等了大半個小時，仰望著那個窗口，別說是人影，連鳥影也不見一個。

2

妮妮去了哪裡？

遇上這種情況，我當然會擔心，身為一個男人，再怎麼恨她，總不願看到她遭遇不測。圖書館色狼、失足滾下樓梯、沖廁時被馬桶的漩渦捲走⋯⋯甚麼都有可能發生。

奇怪啊⋯⋯

我試了很多次，她的手機無法接通。

苦無頭緒之下，我又再闖入大學圖書館，上上下下，逐層尋人，在書架之間穿梭。四周都是大學生，像我這種並未完全發育的中學生，自然惹人注目，但我腳步匆匆，誰也來不及攔住我。

就只差女廁沒找過，我始終沒發現妮妮的蹤影。

妮妮連人帶書消失了。

好好的一個人怎會突然消失？

到底發生了甚麼事？我就像掉入一部科幻小說的情節之中，書名叫《少女在圖書館離奇失蹤記》，丈二金剛摸不著頭腦。

如果真的有甚麼意外，圖書館的職員應該會報警吧？

當我再次由大學圖書館出來的時候，天色已經全黑了。我找來找去都找不著妮妮，再打一通電話，這一次沒有撥號音。她的手機關掉了？難道她已經回家了？真想不通這個小魔頭葫蘆裡賣甚麼藥。

獨個兒，呆呆地乘車回家。

車窗彷彿泛起她那個意味深長的微笑——那彷彿是她最後的微笑。

我知道那本古書有古怪，也知道妮妮有古怪，無奈說不出個所以然來。

怎麼感覺怪怪的……

她是不辭而別？

難道她叫我到下面，是想騙我離開？

黑夜自然沒有回答我的疑問。

我的家在頂層，一回家，就聽到有人叫我：「少爺，晚飯準備好了。」家裡的女傭一直在等我回家。我將書包丟在其中一張空椅上，歐式長桌的八個座位，一如平常，只有女傭和我面對面坐著。雖然我很少看電視節目，但八十寸大的電視螢幕總是長亮，客廳沒有一點聲音的話，我會懷疑自己住在空寂寂的鬼屋。

我吃飽了，帶著一大堆謎團上床思索，一會兒啟動掌上遊戲機，一會兒注意一下手機屏幕，後來感到迷迷糊糊，沒洗澡就沉沉睡著了。

一覺醒來，天色陰沉沉的，雲朵就像一大片快要承受不住的尿布。

昨晚發生的事極不尋常，但當天早上發生的事更不尋常——

我竟然準時起床，準時上學。

這一天回到班房，我沒看見妮妮，上課鐘聲響起，她還是沒來上課。向來是模範生的妮妮竟然缺席，我漸漸感到

事態愈來愈不尋常，但當然不會把這想法告訴任何人。始終我和她非親非故，別人追問下去，就會惹來一大堆是非。

可能只是我想多了，明天，又或者後天，她就會再在班房裡出現，一如既往偶然偷望我，然後彼此繼續裝作和對方毫不熟絡……

她的手機依然無法接通。

原來，我和妮妮真的不熟絡，我連她的住址也不清楚。

關於她的一切，我問過，但她總是不肯透露，又或者瞎掰一些令人無言以對的答案。

我問過：「妳爸爸是幹甚麼的？」她冷冷地說：「死了。」我說了一聲對不起，又問：「那妳媽媽呢？」她又冷冷地說：「死了。」我不知她的話是真是假，便傻笑著問：「哈哈，那妳不就是孤兒嗎？很酷啊！」

當妮妮感到不耐煩，就會怒瞪著我，大喝一聲：「閉嘴！」

對著這麼兇的女生，我怎麼可能成功從她身上套話？

再之後，整整一個星期，妮妮也沒來學校上課，已證實是失蹤事件。班主任十分緊張，開始向全班同學問話。同學們知道事態嚴重，卻沒想過會驚動一整隊十多個警察過來我們的學校查案。

在我們的班房，這一節歷史課取消了，劉老師沒出現在講台上，取而代之的是一個長得挺帥的年輕督察。

副校長和校長居然也來了，班房裡的氣氛異常沉重。

督察大哥站在黑板前，向眾人問話：「誰是最後見過范妮妮的人？」

一陣靜默。

妮妮獨來獨往，儘管品學兼優和待人有禮，在班中的朋友其實不多。

我冒著被譏笑的可能性，倏地站了起來，未待其他同學的目光湊過來，已經說出口：「我。上星期四，我放學後曾經跟她在一起。」

全個班房譁然鬨動，雖說這時代學生早戀不是奇事，但妮妮和我這兩個風馬牛不相及的人扯在一起，震撼程度勝過神父和尼姑的桃色緋聞，其他人自然想入非非，流言蜚語滿天飛。

多虧校長幫我解圍，招手叫了我出去，吩咐我跟著那督察大哥離開。我們一同前往校長室隔壁的會議室，由督察大哥親自錄口供。

督察大哥問完一大輪話，拿出妮妮在校內的檔案，對我透露：「學生名冊上的資料……九成都是假的……范妮妮

也是個假名。」言下之意，警方調查過妮妮的下落，憑著那些假資料，當然碰了不少釘子。

接著我把對妮妮所知的事都一一說了，唯一有所隱瞞的就是那天到大學圖書館偷書的事。

督察大哥皺著眉，脫口吐出一句：

「這樣的事，實在太不可思議了……」

「妮妮……她有甚麼古怪嗎？」

「你和她相處的時候，有甚麼奇怪的感覺嗎？例如，她的行為有甚麼不尋常？」

我正在猶豫要不要說出偷書的事，但為免露出馬腳，便搪塞出一個答案：

「除了有暴力傾向這一點，她基本上很正常。」

「所以，她是個活生生的人？」

雖然督察大哥的態度十分認真，但聽了這種令人啼笑皆非的問題，我忍不住反唇相諷：「她不是人，難道會是鬼嗎？」

督察大哥不以為然，竟然沉著臉說：「她的法國護照是真的。我們尋求法國警方的協助，在他們的戶籍檔案中，她是個早已死掉的人。」

聽到這番話，我的嘴巴頓時麻木了。

死掉？

這是惡作劇？還是一個我聽不懂的冷笑話？

督察大哥説出心中的疑惑：

「六年前，在法國，發生了一宗駭人聽聞的謀殺案，一名狂徒帶著電鋸入屋虐殺，妮妮一家遇害……妮妮也在受害者名單之中，證實已經死亡。全家人之中，只有妮妮的弟弟生還，之後這男孩突然又失蹤，至今不知所終……」

督察大哥還給我看了一份剪報，原來是法國警方那邊越洋傳真過來的文件。原文是法語，幸好有譯文，否則我必定看不懂。雖然是張稚臉，我也認出新聞照片中遇害的女孩的確就是妮妮，肯定不會有錯，而當那個「**電鋸狂徒，六個人頭**」的標題一再映入眼簾，我感到胸口窒息，幾乎就想大哭出來。

「我們連DNA鑑證也做過……妮妮肯定就是那個已死去的女孩。雙胞胎、葬錯人呀……我們警方查案，甚麼可能性也想過，結果全部都被否定，真的無法解釋……這一次真是見鬼了。」

如此説來……她是個復活的死人？

不可能……我還記得之前不小心踩到她的鞋頭，之後被她揍了一拳，那灼熱的拳頭在我的臉頰上留下餘溫……我

肯定妮妮是個活生生的人。

她兇巴巴的樣子……不是假的。

她的微笑也不會是假的！

但我無法解釋眼前的一切，那督察大哥怎麼看也不像一個精神病患者，我倒是懷疑自己是不是患上精神分裂症。警方當然不會以「靈異現象」這麼爛的理由結案，所以他們才會盤問我，期望找到新的線索。

離房前，督察大哥叮嚀我：

「這件事請你保密。如果你再見到妮妮，記得立刻通知我。」

當我接過他遞過來的名片，仍然無法吐出半句話，整個人就像中了沉默魔法的詛咒一樣。

儘管這個想法很天真。

我多麼希望一切只是一場誤會。

3

妮妮就這樣失蹤了兩個星期，班中關於她的閒言閒語幾乎消失了。我們班的男同學，雖然大都是心智未成熟的孩子，但精英班沉重的競爭壓力，都促使我們成長，漸漸變成

了現實主義者，將全副心思放在選科呀K書呀泡妞呀這些重大的人生課題上。

校方為了掩飾整件事，早就宣稱妮妮因為身體問題而休學。

再過一年半載，大家都會將她淡忘吧？

同學同學，多一個不壞，少一個更好，最好全班只有自己一個，然後年年就可以考第一……假如惡魔和人類做交易，只要隨便獻祭一個朋友，就可以擔保公開考試全A……我相信很多同學都會受不住誘惑。

對於不見了一個同學，大家表面不在乎，心裡也不當作一回事吧？他們寧可忘記一個不熟絡的同學，也不可忘記下星期統測的內容。這並不是壞心眼，而是我們自小就接受這樣的功利教育，求學只是求分數，成績好就能得寵。

即使父母給我們看最感人的文學鉅著，他們也只在乎我們學會了多少個生字。

色迷迷的男生有時會惋惜班中少了一個美女。

「喂，方士勇……你和她發展到哪個地步了？拇指是牽手，食指是KISS……我們逐隻手指豎起，豎到尾指還不出聲，就表示你跟她已經……」

最近，有不少男同學來冒犯我，倒是無人關心妮妮的死

活，他們最想挖的新聞只是我和妮妮之間的「地下情」。

我歎息了一聲，懶得回答，只拿起瓶裝水，一扭開瓶蓋，就倒了在胖子男同學的褲子上，而且是褲襠的位置。

這個死胖子怒氣沖發，悻悻然瞪著我，但知道我是惹不起的——全班就只有我不怕被老師罰站和記過，真的打架的話，我一定奉陪到底。

放學的鐘聲響起，結束了無聊的白天。

我揹著書包，悠悠晃晃，離開學校，由於自己對課外活動毫無熱忱，所以放學後有很多空閒的時間。

但……

我忽然想到，除了回家，原來已經沒有其他感興趣的事情。

上次偷書其實是很刺激的經歷。

雖然不用再被妮妮欺負，但沒了她，我的人生彷彿失去了一種樂趣。同班同學都很幼稚，只有她跟我談得來……難道我對她有愛意？又或者「愈受虐愈快樂」已變成了我的人生觀？

不可能的，我相信只是……

只是因為寂寞罷了。

每天下午四點鐘，我都在暗暗期待她會找我出去玩。

　　我的家算得上是豪宅，在公寓的頂樓，複式兩層，上下層有黑色的木樓梯相連，裝潢美輪美奐。我的睡房有非常棒的窗景，比不少同學家裡的大廳還要寬敞。

　　家裡請了兩個外籍傭人，她們懂做粵菜、印尼菜和越南菜，又會烤麵包和甜點，美味程度更勝外面的餐館。我那已過世的媽媽根本不會燒菜，只會開罐頭……由我十歲開始，一切拜爸爸所賜，我想要甚麼電子產品和玩具，幾乎唾手可得，應有盡有，所有同學都很羨慕我。

　　一切看來都很美好，唯獨是沒有半點溫暖，有時我也懷疑這裡是不是我真正的家。

　　也許我現在最好的朋友，是睡房裡的電腦。

　　我上網，搜查六年前那宗轟動法國的滅門事件。

　　全靠警方給我看的剪報，我才知道，妮妮的真名原來是「Nicolette Nisabeth」，直譯成中文是「**妮可蕾‧尼莎白**」。她的姓氏應該是罕見的姓氏，我只找到寥寥數筆搜尋結果，大部分都是我一竅不通的法文。此外，也有幾篇英國的報道，可是記者的著眼點只在變態的殺人狂身上，我根本無法深入瞭解妮妮的背景。

　　「書……妮妮的失蹤，一定和那本古書有關。到底為甚麼呢？」

　　沉思之際，我背靠著滑輪椅的椅背搖來搖去，拿起桌上的一本書，看了又看，還是看不出半點端倪……這本名為《地心歷險記》的書，就是在妮妮的儲物櫃裡找到的，也是她留給我的僅有線索。

　　由於妮妮太愛差遣我幫她做事，又想掩人耳目，索性就將儲物櫃的鑰匙給我……她曾來過我的家，躺在我的床上，解開胸口的鈕扣，擺出一副受驚的表情，然後自拍了幾張照片……很明顯就是用來勒索我的。

　　當她發覺我家裡藏書豐富之後，吃飽飯閒來無事，就會走上我的家，借走幾本絕版好書。不過她始終是個有借有還的人，有時就將要還我的書放在儲物櫃裡，換句話說，我和她就是透過那儲物櫃來秘密交收。

　　我的手機裡只有一張妮妮的照片，照片裡的她沒有盯著鏡頭，只佔一小角，照片中的我卻對著鏡頭擠眉弄眼做鬼臉……這張照片是偷拍的。

　　除此之外，我便沒有妮妮的照片。

　　妮妮就像不想留下任何人生在世的記錄。我知道她最討厭拍照。在去年拍攝全班大合照的當天，她偏偏請假，哪有這麼巧？她一定是故意的。

　　我希望找到妮妮。

妮妮是我的朋友，難得談得來的朋友。

最近，我常常到平生最討厭的公共圖書館留連，都是為了搜查舊報紙的資料，這種糗事要是被妮妮知道了，她一定會笑破肚皮⋯⋯

老實說，只要可以再見到她，我是不介意再被欺負和取笑的。

《地心歷險記》〔法語：Voyage au centre de la Terre / 英語：A Journey to the Center of the Earth〕是法國作家儒勒・凡爾納的小說，於1864年出版⋯⋯

查到這種資料又有個屁用？

不過，這本妮妮留下來的書，竟然是原文法語版。我比照百科全書網站上的封面，這本書竟然是1864年出版的初版！除此之外，扉頁上有一間法國圖書館的藏書章。我在網上查過街景地圖，那間圖書館確實存在，地理位置就在巴黎近郊。

這本書的最後一頁貼著一張備忘紙，藍色墨印的日期應該就是還書日期。

「我應該幫妮妮去還書嗎？」

這個問題不止一次的在我的腦海浮現。

要知道，圖書館的罰款按日計算，要是沒有上限，一個中學生就會因此而破產……總而言之，家中有一本逾期未還的書，我的心裡實在很不舒服。

正當我胡思亂想之際，門外傳來傭人的敲門聲。

又到了開飯的時間，客廳的歐式長桌有八個位子，這時候又重播相同的影像，只有我獨個兒坐下，獨個兒聽著電視的聲音吃飯。

但今天和平時不一樣，門鈴突然響了，我和女傭面面相覷，然後由她過去開門。

朝門口一看，應該在國外的爸爸回來了。

他身後拖著兩個大行李箱，還有一個女人。

那女人不是陌生人，但我總是把她當作陌生人看待，連正眼也不會與她對望一眼。

我平時對爸爸總是愛理不理的，就算久久不見他，彼此也沒半句言語往來。今天的情況也一模一樣，我瞥了他一眼，便別過了臉。

可是，今日的爸爸和平日不同，他一走到我的身旁，就給了我一記傾盡全力的耳光。

4

臉上是滾燙的感覺，好沒來由吃了一巴掌，我滿懷恨意地瞪著爸爸。

「你偷了我的磁卡到大學圖書館偷書，為甚麼？」

就是在同一屋簷下，平日爸爸與我也沒兩句說話，整整半個月沒見面，沒想到一見面就摑了我一巴掌，然後大喝大罵。哼！雖然我隻字不提，但警方也查出了這件事⋯⋯對了，有可能是圖書館的職員發現貴重的書失竊，報了案，所以才東窗事發。

「我不知道。」

我要賴到底。

爸爸氣得漲紅了臉，大發雷霆：

「你知道這件事有多嚴重嗎？我特地由外國趕回來。下午一時！我在下午一時下機！弄得這麼晚才回家，就因為大學圖書館有我的出入記錄，收到校長的緊急電話，我不得不到警局走一趟，協助他們調查！」

儘管我有錯在先，但我是決不會向爸爸道歉的。絕對不會。

那一巴掌的忿恨已永遠烙印在我的心裡。

我二話不說，直衝上自己的房間，不一會就氣沖沖地踹著木樓梯走下來，提著大背包，逕自來到玄關，一隻手穿鞋，一隻手按著大門的把手。

我知道，爸爸連正眼也沒看我一眼。真絕情。

但我會做得比他更加絕情！

大門「砰」的一聲在我背後關上。

把心一橫，離家出走。

時下許多青少年離家出走失敗的原因，乃在金錢不足。我剛剛經過爸爸的書房，偷偷溜進去，輸入夾萬的密碼，抓出信用卡和一大疊鈔票，塞入了背包裡。

此外，我亦把護照帶出來了。

哼！

爸爸一定以為我很快會回家，他這次大錯特錯了。

他和女人在外地風流快活的時候，我就在學校飽受日日聽課的精神折磨。既然我們只是建立在金錢上的父子關係，我就要用他的錢去盡情玩樂。

屁小孩離家出走，通常是躲在朋友家裡，而我就要出國旅行。

法國是妮妮的故鄉，我暗暗下了決定，要去那邊看一看……想做就去做，敢想亦敢做，我方士勇就是這種人，總

之我要離開我的家，愈遠愈好。

好！目標清晰！

法國！

就這樣，我在網吧裡訂票，買了頭等艙的機票，刷的是爸爸的信用卡。我在機場過夜，打算翌日一早登機。為了假戲真做，我還買了個大行李袋，別人問起，我就說自己是個留學生。櫃位小姐對我沒有半點懷疑，笑容滿面給我遞上登機證。

就像在執行即興的犯罪計畫，我的心情既興奮又忐忑不安。

明明是上學的時間，我卻在飛機的機艙裡坐著，真的有一種如在夢中的感覺，而這種感覺在升上雲端後愈趨熾烈。我未成年，卻做出這麼大膽反叛的事，真的太瀟灑了，如果老師和同學知道了，我就會成為學校的風雲人物。

往法國巴黎的航程需時十三個小時。

在飛機上，我悶得發慌，便拿出那本法語版的《地心歷險記》……雖然妮妮生死未卜，但如果她真的遭遇不測，這就是她留給我的遺物，所以我一直珍而重之帶在身上。

我翻了翻《地心歷險記》，但根本看不懂法文，歎了一口氣，便把它蓋上。

「Voyage au centre de la Terre！」

鄰座的老伯金髮碧眼，對我說了句法語。我搖了搖頭，表示聽不懂。

老伯會意過來，沒想到他居然會說中文：

「小朋友，你這本書是我小時候最喜歡的書呢！冒險的故事，非常有趣！」

我笑著說自己不懂法語，老伯便奇怪我怎麼會有一本法文故事書。我說這是朋友的遺物，而我要去法國尋找這位朋友的墳墓……老伯信以為真，眼睛紅起來了。

接著他興致未了，說起書中的內容，甚麼神秘的藏寶圖，甚麼火山入口，甚麼別有洞天的地底世界，巨型植物和古生物……老人家都很擅長講動聽的故事，我沒看書，就知道了整本書的情節。

「小朋友，你相信地底有另一個世界嗎？我由小時候開始，就很想到地底探險。」

老伯啊老伯，你真是無知得可愛！稍為有點科學常識的現代人，都會知道地殼之下是地幔，地幔之下是外核和內核。外核的液體就是火山噴出的熔岩，沒有血肉之軀能抵受幾百度以上的高溫，地球的核心根本不可能有生命存活。

我是個很有禮貌的孩子，所以把這些想法藏在心底，

沒開口取笑老伯。

老伯為人和藹，我本來對他滿有好感，但自從他脫掉鞋子之後，襪子的臭氣飄來我這一邊，我就變得完全不想跟他聊天了。

機艙的照明燈漸漸熄滅，釀成了適眠的昏暗氣氛。

頭等艙的座椅可以傾斜，變成一張小床，我未發育完全，個子不算高，可以伸直雙腿平躺，好好睡一覺。

地底，真的有另一個世界嗎？

我睡著的時候，似乎在夢中重新思考這個可笑的問題。

儘管科學告訴我們不可能，但人就是愛幻想。

這一覺睡得很安穩，一張開眼，機艙彷彿經過一輪晝夜的變化，由關燈變成開燈。

我半睡半醒，一聽見機艙內的廣播，就知道自己即將抵達法國的首都巴黎。

接下來要發生的冒險旅程，絕對是我出發前萬萬沒想到的⋯⋯

甚至賠上了我的性命⋯⋯

5

順利通過了入境檢查之後，我在行李輸送帶那邊等候寄艙的行李袋。

機場內的白光燈打在錢幣的銀邊上，錢幣閃出亮錚錚的光，垂直掉回我的掌心。我太悶了，悶得用擲幣這法子來打發時間。

法國的統一貨幣是歐元，我注視手上的一元硬幣，想不透為甚麼，銅面上的圖案是一棵六角形的樹，樹幹兩邊浮凸出「R」和「F」兩個字母。

等了很久，同機的人陸續走得七七八八、八八九九、九九十十……我的行李袋仍未出現，就算法國人的工作效率再低，也不會只針對我一個吧？

我帶著滿腔怒火，向航空公司的服務櫃台職員投訴。

「奇怪……很對不起……記錄顯示，你的行李應該送到了，可能同事以為是轉機行李，不小心拿錯了。請再給我一點時間，我幫你查一查……」

天呀！航空公司竟然請了個這麼漂亮的亞裔女客服員。她甜美的聲音令我神魂顛倒，我的心情也好了不少，説實話，我的行李袋裡只是塞滿零食和臨時買的日用物，衣

服、襪子和內褲都只是便宜貨，追不追究也沒有所謂。

漂亮的服務員姐姐低頭道歉：

「不如，請你留下在法國的地址，我們一找到行李，就會幫你送過去。你有甚麼問題的話，請打這個電話向我們查詢⋯⋯」

由於酒店需要用信用卡登記，我未成年，恐怕會惹人猜疑，為了降低遭受警察盤問的風險，我來法國之前，已在網上預訂了青年旅舍。

在航空公司的服務櫃台，我填上了青年旅舍的地址之後，便雙手空空離開機場，乘上直達市中心的大巴。

法國的天空今天蔚藍澄澈，那些白雲像是藝術畫的筆觸，以我所知，這種凌亂的畫法就是後現代主義的風格。如果將各國的天空拿去拍賣，我相信法國的天空可以賣出最高價，理由嘛，就是因為「產自法國」這個標籤。

我手上的現金大約有七千歐元，足夠我玩上半個月左右吧？

法國巴黎——

多少人夢往神遊的城市，藝術家朝聖的聖地。

印象中的巴黎來自電視節目和風景照，班裡有個自以為是文藝青年的傢伙，他會拉小提琴，就在女生面前自吹自

撬，説將來要到巴黎流浪。哼！他只是紙上談兵，而我真的
做到了。

　　人家逃學頂多是到公園盪鞦韆，我逃學就逃到凱旋
門，這種快感真是非筆墨所能形容。

　　天空的一隅，聳立著法國的地標艾菲爾鐵塔。

　　我忽然想起了我的媽媽。

　　媽媽生前很想一家人來法國旅行，但這心願一直未能
得償……在病榻前，我聽媽媽説過這樣的遺憾。法國是媽媽
一生人最想去的地方，但她一次也沒踏足過這片土壤……我
在一氣之下來了這裡，除了受到妮妮的影響，也是因為我忽
然想念媽媽。

　　經過紀念品店的時候，我買了一張明信片，明信片上
的照片是夜間熠熠發光的羅浮宮。我沒貼郵票，寫了媽媽的
名字，又在收件人地址一欄填上「天堂」，就投進了街頭的
黃色郵箱。

　　我拿著免費的旅遊地圖，走進巴黎地鐵站裡的地道，
色彩紛呈的廣告看版只有法文，地下列車的下一站不是地
獄，而是圓拱形的白磚月台。

　　迎面而來的金髮美女打扮時尚，婀娜的身影掠過，馥
郁的香水是她們給我的贈品，可惜我帶不走。

幾乎每個地鐵站也有樂韻飄揚，賣藝的音樂家很多，例如有個戴著藍色頸巾的年輕人在吹手風琴……可能是錯覺，我覺得這些音樂家都很窮。不過，即使他們真的是乞丐，他們都閃著迷人的光芒，這種光芒就是自由和希望吧！

連我自己也感到難以置信，我正身處在浪漫之都法國巴黎。

在巴黎，連上了年紀的阿嬤都很會穿衣服，毫不媚俗。入鄉隨俗，我也買了兩件名牌上衣，一副名牌太陽眼鏡，最重要是買到了內褲。如果今晚沒內褲替換的話，我應該會睡不著覺。

十月初，到了傍晚七時，巴黎才漸漸天黑。

如果我沒看錯地圖和沒有迷路的話，這裡就是協和廣場。此地的法文名稱是「Place de la Concorde」——旅遊指南介紹，以前這裡有座斷頭台，卡一聲，鍘刀落下，就砍下一顆人頭，包括國王和王后的人頭……我喜歡這種故事。

在露天廣場上，我沐浴在夕陽的餘暉底下，戴著太陽眼鏡，摸著飽得快要撐破的肚皮。法國的甜品真好吃！哈哈哈，學校的老師和爸爸應該很慌張吧？我應該到學校的討論區留個言，上傳我在這邊用手機亂拍的旅遊照片，好叫同學們羨慕一下。

　　背包裡有件東西特別重，就是那本《地心歷險記》。
剛剛在咖啡店，我又上網查出一筆資料，藏書的圖書館位於
巴黎南部的一個小鎮。可是我不懂法語，全靠網上的全文翻
譯網站，費了不少工夫才找到前往該地的交通方法。

　　時間也差不多了，我攔了一輛計程車。司機看了紙上
的地址，便開車載我到今晚要投宿的青年旅舍。

　　計程車的車資很貴，但我花的是爸爸的錢，所以一點
也不心痛。

　　來到旅舍，我向接待處的胖姐姐交出證件，辦理入住
手續。雖然我不愛讀書，但自幼跟媽媽學習英語，又在英國
住過兩個暑假，我的英語尚算流利，生活溝通全無問題。

　　忽然，胖姐姐對我說，航空公司那邊託人把我丟失的
行李送來了。

　　我跟著她，到了儲物室，看到那個大行李袋，果然是
我的沒錯。當我一提起行李袋，就嗅到一股撲鼻而來的惡臭
味，翻到另一面一看，竟然還有芥末醬和番茄醬的痕跡，真
是噁心死了。

　　「行李送來的時候，已經是這樣子。」

　　胖姐姐尷尬地解釋。

　　行李袋的鎖斷掉了。是剪斷的。

　　我打開拉鍊，看了看袋裡的東西，暗自琢磨：「很明顯有人搜過我的行李……是誰幹的？海關？」而航空公司職員留給我的小牌，有段小字，寫了甚麼敝公司深感抱歉，甚麼行李是在機場外面的垃圾站找到云云……

　　航空公司的人怎麼搞的……

　　我重看整段文字，直覺當中有古怪：「機場外面的垃圾站？」

　　可能性之一是有個缺德鬼拿錯我的行李，然後隨手丟棄。可能性之二就是有人故意偷走我的行李，發現沒有財物，一氣之下，就丟到垃圾桶裡。

　　我腦筋動得快，亦想到了第三個可能性——

　　有人要從我的行李中搜出甚麼東西。

　　不管這個混蛋有甚麼企圖，他一定是有所疏忽，才忘記撕走貼在行李上的條碼標籤，所以這件行李才輾轉回到航空公司職員的手上。

　　如果整件事到此為止，我也不用太過擔心，但我忽然想起，曾經在行李袋的肩帶上繫個小吊牌，填寫了現在這間旅舍的地址。

　　而那個小吊牌卻不見了。

6

自從捲入妮妮的神秘失蹤事件，我就脫不了關係，說不定警方翻查過圖書館的保安錄影，覺得我有所隱瞞，便懷疑到我的頭上。

難道是國際刑警盯上了我？

想到這裡，我就忍不住自譏地傻笑。

「哈哈！我又不是大毒梟和通緝犯，只是個小鬼頭，警方怎麼可能大費周章派人來跟蹤我？一定是我睡眠不足，疑神疑鬼，想得太多了！」

一個人累的時候，就會胡思亂想。

如果真相只是個簡單的誤會，我會罵自己一聲白痴。

剛來到法國的時候，我過度興奮，玩了大半天，現在一看見床，就忍不住打盹。青年旅舍的房間通常是多人共用一室，但可能這間旅舍生意不好，三張上下鋪床，今晚就只有我一個住客。

我抵抗不了睡意，還沒鋪好床單，就趴在床上小睡了片刻……

閉眼前，掛鐘的時針在八時與九時之間。

一睜開眼，時針指向了一時正。

已經一時正啦?

我以為睡了十四個小時,但窗外仍是黑漆漆的,所以只是睡了四個多小時。我本來不想起床,但心想自己離家出走之後還未洗過澡,全身癢癢的,好像有跳蚤在咬一樣。

我一洗完澡,整個人就醒來了,便走到樓下,在旅舍的大堂使用公共電腦。

這間旅舍的電腦需要投幣才能使用,真是爛死了!這應該是我這輩子用過最細小的電腦螢幕,比我學校的設備還要糟糕。

我一邊抱怨,繼續上網。我以為會有很多人寄郵件給我,查了查網上信箱⋯⋯都是一堆垃圾郵件⋯⋯都是一些無情的傢伙。

由於未開通國際服務,我的手機在外地不能接通。

其實我心裡明白,我這麼亂來,都是盼望爸爸會關心一下我。

至少,我希望知道,他曾慌張地找過我。

這個巴黎之夜,我莫名其妙的感到心緒不靈。

我對著電腦屏幕,在網址列上胡亂打字⋯⋯然後就到了自己的網誌。

網頁沿著滾軸下滑,一行行字符閃爍。

在末端出現了一則特別的留言：

阿勇：

我很擔心你。

打了你是我不對，請你原諒我。我不是因為你頑皮偷書才打你的，而是關乎你的生命安危。

國際刑警來了大學調查案件，世界各地，數間收藏罕有書籍的圖書館都相繼發生死亡和失蹤事件，有數名圖書館管理員遇害，重要的古書失竊。

我知道母親的離世令你很恨我，可是，這一次，無論如何你都要聽我的。

請盡快回家，爸爸是愛你的。

唸著唸著，我的淚腺不知怎的腫了起來。

我想起小時候，媽媽總是笑著說爸爸是撲克牌裡的「老K」，嚴肅寡言，拍照不愛笑，感情的神經線永遠連不上他的臉。誰也很難相信他是個感情豐富的混蛋……在醫院的病床上，媽媽回憶起和爸爸之間的往事，臉上總是流露出微笑。

法國，是媽媽生前最想去的地方……在她熱戀的時候，爸爸答應過帶她去法國度蜜月。有了我之後，她也說過

很想帶我到法國旅遊，儘管那時我和媽媽過得很貧窮，她心中還是有一個這樣的美夢。

我的爸爸是著名大學的榮譽教授，學院的首腦人物。他的學術成就蜚聲國際，曾有出版商找他出書。總之，他是個很有社會地位的人物。

可是，在他取得這一切成就之前，他只是個憂慮前途的博士班學生。爸爸在大學裡兼任助教，認識了年輕的女大學生——她就是我的媽媽，主修文學，卻在選修的科目遇見一個改變她一生的男人，真是一個錯誤的選擇。

我總是聽說，大人的世界很骯髒。我看電視新聞，也覺得有些獸行，真的只有惡魔才做得出來。大學教授是受人尊重又高薪的職業，但要升上教授的過程相當艱苦，研究院和大學內部的競爭相當之大。我聽說，有人甚至在競爭對手的飲料瓶中下毒，簡直是一個瘋子，可是，這個瘋子可能已經是某大學的教授。

換而言之，只要你有一點過失，你就有可能失去大學的職位。當我媽媽懷了我的時候，我爸爸勸她放棄我，否則他就要放棄繼續唸博士班。兩個人分手了，他一直不知道，她最後沒有選擇墮胎，卻讓我來到世上。

「我沒怪你爸爸⋯⋯是我離開他的。我不想他因為責

任感，而失去他的夢想和未來。」

媽媽沒有埋怨自己的人生。

臨終前，她放心不下我，便寫了一封信給那個已經名成利就的男人。

我的爸爸在我面前出現了。

地點不在醫院，卻在媽媽的喪禮。他猶豫了很久，才做出這個決定，所以來不及見媽媽最後一面。

他說服了我的外公和外婆，還說服了自己的妻子，才奪得我的撫養權。我偷看過母親的日記，暗中知道了秘密：**他在結識我媽媽之前，原來已經結婚了。**爸爸是名門望族的後人，他和我媽媽的關係是醜聞，他的家族根本沒有承認過她的存在。

可是，他和髮妻膝下一直無兒無女，所以我就成為了他唯一的兒子。

「我要為年輕時犯過的錯贖罪。」

他這樣說過，卻不知道這句話傷害了我。

這個在我十歲時才出現的男人，這幾年來，我都只覺得他是個陌生人。我和他之間有一層無形的隔膜，從來無法好好聊天。為了食物和零用錢，迫不得已之下，我才和他一同生活，但彼此的房門總是深鎖。

我會恨他，因為如果他早一點出現，媽媽就會有錢接受私立醫院最好的治療。爸爸的合法妻子——我也不知道該當稱呼她後母，還是前母——也和我相處不來。這也難怪，因為我經常大聲叫她「醜女人」。

爸爸是愛你的。

他太狡猾了，用一句話馴服了我。

我到洗手間抹了抹眼淚，冷靜下來之後，再回到電腦螢幕前。我再盯著爸爸的留言，驀然感到一股寒意，又覺得大惑不解：「圖書館館員連環謀殺案？為甚麼？連國際刑警也出動了……到底是甚麼一回事？」

難道背後有甚麼巨大的陰謀……到底是甚麼樣的陰謀？妮妮又是甚麼人？她看來不像壞人啊……不，其實我知道，她一直在利用我……我思前想後，猜想妮妮一定偷走了那本「五環書」，然後不辭而別。

問題是……

妮妮為何要得到這本書？

她明明可以好好交代一切，向校方申辦退學，瞞天過海，這樣一來就不會驚動警方，鬧大整件事。

但她卻選擇在一夜之間匆匆消失，可見當中一定另有隱情……難道她認為自己有危險，所以才走得那麼急？

我陪她偷過書，假如有壞人在追尋她的行蹤，就會以為我是她的同黨，這個假設可以解釋為甚麼有人要偷我的行李……當真相露出了一小角，我開始感到恐懼，冒出一個可怕的想法：「有人在跟蹤我，又或者在暗中監視我！」

真是個天大的誤會！

我也不知道她在哪裡啊！

那我要怎麼辦才好？本來向警方報案才是正常人的做法，但我的牛脾氣作怪，明知山有虎，偏向虎山行，有心要解開一連串陰謀背後的謎團。如果我在這時做了另一個決定，我或許可以安全回國，但永遠就無法知道整件事的真相，往後的奇幻經歷就不會發生。

妮妮只留下一本書——

《地心歷險記》。

這本書就是唯一的線索。

出其不意的話，就能打亂對方的部署吧？

我瞟了一眼時鐘，現在是凌晨二時，青年旅舍裡的大堂只剩兩個外國人，一個在看書，一個在敲著筆記本電腦的鍵盤。

毫無異樣。

儘管一切可能只是我多慮，我裝作若無其事，過去服務前台那邊，和值夜的旅舍員工對話。我拜託她幫忙，替我叫計程車，理由是要趕搭早上的航班。

「這麼早會有航班嗎？」

這位戴眼鏡的姐姐只是好奇，多口問了一句。

我故意東張西望，然後對她說悄悄話：

「其實我的真正身分是個間諜。有人在跟蹤我。」

那姐姐睜大眼瞪著我，隨即失笑出來，當然以為我在開玩笑。我也跟著她嘻嘻傻笑，結果她沒再追問下去，便幫我撥出一通電話。她掛掉電話後，便說車子會在二十分鐘後到達，我可以趁現在辦妥退房手續。

計程車在結滿霧氣的玻璃門框中出現。

我抓起了行李袋，推門直衝，彷彿是突然一躍，就躍進了計程車的車廂之中。我坐在後座，低頭打開一直拿著的《地心歷險記》。書裡夾著一張紙條，有一個我手寫的地址，目的地就是本來收藏這本書的圖書館。

計程車的司機是個老伯伯，他看了那個地址，講了一大串我聽不懂的法語，好像是嫌這個地址太遠，不願意去的意思。

我自小就知道,「有錢使得鬼推磨」是世界通行的金句。那老司機看著我手上抓著的一大疊歐元鈔票,雙眼中彷彿彈出「€」的符號。雖然我未成年,但我也知道,現在經濟不景氣,遇上我這種大客的機會不多⋯⋯別説是開車去偏僻的法國近郊小鎮,即使是要求司機載我到深夜的墳場,在金錢的魔力面前,他也一定不會拒絕。

我一路上小心翼翼,確定無人看見才上車的。

哈,明天跟蹤我的人發現我已經離開,他一定氣得暴跳如雷呢!

誰也料不到我這小子會做出這樣的舉動吧?我還沒意識到有多麼危險,決定了繼續調查整件事。我當時還安慰自己:「反正都來到法國了!不管有沒有發現,去看一看那間圖書館,我就會心息的了。」

在計程車裡,我倚著後座,目光穿透車窗,窗外也沒有甚麼迷人的夜景,彷彿只有一片墨黑中泛黃的光影,向前延伸的高速公路就像一幀色彩混濁的抽象畫。

當外面只剩看不見盡頭的叢林,我就知道已經離開了巴黎市中心。

我看著車廂前方的GPS導航儀,預料再過十分鐘,就會抵達目的地。

入夜後，公路上的車輛不多，我特別看得清楚——

後窗是不停重複的柏油路，猶如黑海中的暗湧。

在這個玻璃框中，尾隨原來有一架黑色的轎車，本來只是不起眼的東西，到了它逼近的時候，它就愈變愈大了，引擎的聲音劃破了公路上的寂靜。

我的直覺告訴我：

不妙了！

7

老司機也察覺了後方的轎車，但絲毫不為所動。

他的反應是正常的，後方的車只是普通的轎車，又不是坦克車，並不值得大驚小怪。只不過，對方在夜間行駛卻沒有亮起車頭燈，這一點實在惹人討厭，因此我才不知它跟著我們行駛了多久。

老天保佑，我希望一切只是自己疑心病重。

可是，很快就證實這個想法是錯的。

後面的黑車逐漸駛近，我一直回頭注視著後車窗，以為可以看清楚對方的廬山真面目，怎料……黑車的前座有兩個人，兩人竟然都用麥記的紙袋蒙著臉，只露出眼和鼻。

這是很滑稽的畫面，但我想笑也笑不出來。

哪有人蒙著臉開車的！肯定是壞人！

「GO！GO！DANGEROUS！」

我大喊出來，這麼簡單的英語，老司機一定聽得懂。他也察覺到不對勁，立刻踩油門加速。

可是黑車仍然緊追著我們不放，惡意已經表露無遺。很明顯，在馬力的較量上，老司機的計程車屈居下風……我明白這個社會的規則，殺人放火金腰帶，壞人都比較有錢，他們的車都有比較好的性能。

老司機亂罵一通，應該都是髒話。

他突然切換行車道，駛向高速公路的出口。

在離開高速公路的路段上，行車道只剩一條，老司機以為可以阻擋後車，卻沒想到後方的黑車竟然駛上了路肩，轉瞬間與我們平排。

我睜著眼，看著副駕駛席上的蒙臉人將手伸出側窗，手上握著一把黑得發亮的東西。

竟然是手槍！

壞人果然是衝著我而來的，槍口正瞄準我……我的下方。

他正在瞄準計程車的輪胎！

老司機原來是個狠角色，竟然扭轉方向盤，猛地撞向那黑車。

砰！

剎那間，車身激盪，我有種靈魂飄離身體的感覺。

太厲害了！

一陣衝撞之後，老司機把黑車甩在後方。

幸好碰撞的力度不算很大，車身只是多了條凹痕。

瘋狂的士，橫衝直撞⋯⋯這時我才發覺，老司機的雙眼滿布紅絲，抓緊了方向盤。他要玩真的了，在十字路口以高速轉彎，闖過一盞紅燈，又駛過了逆行車道，霎霎霎超速，妄顧市區的一切交通規則。

老司機把手機扔到了我的懷裡，嘰嘰喳喳說了一大堆話，肯定就是叫我打電話報警求救。

可是，我不知道法國的緊急電話號碼！

老司機氣沖沖地罵出一串話，我肯定是法語裡最狠毒的髒話。

向後看，黑車就像陰魂不散的厲鬼，緊緊纏住不放。老司機技術較好，一到十字路口就轉彎，甩尾飄移，彌補在直路上輸掉的距離。

這裡已是小鎮的大道，他不停按喇叭求救，可是這一

帶建築物稀疏，看來是個鳥不生蛋的地方。

　　黑車愈追愈近，以彼此的車速來估算，應該不到半分鐘就會追上我們的車。

　　一個平凡的中學生遇到這種事，早就嚇得尿濕了褲子，但我很快鎮定下來，滿腦子都在盤算如何脫險。

　　我需要武器！

　　行李袋裡只有衣物，唯一有殺傷力的東西，只是某P牌有氣礦泉水的玻璃瓶。我突然發覺後座的椅背能向前翻摺，直通到車尾箱。在這分秒必爭的生死關頭，我的上半身探進了車尾箱，並看看有甚麼可以用來拋擲的東西……

　　沒有斧頭，也沒有武士刀……我的願望一一落空。空蕩蕩的後車箱，只找到一捆電線和一個急救箱，連一條稍為像樣的棍狀物也沒有……嗚！法國的計程車司機都太善良了，沒在車上暗藏任何攻擊性武器。

　　我打開急救箱，都是普通的急救用品。

　　正當我絕望得幾乎想要跳車，剎那間，有個瘋狂的念頭在我腦中閃過：「對了！我可以這樣做……如果成功的話，不僅可以脫險，還可以向壞人還以顏色！」

　　我的心怦怦在跳，雙手卻沒一刻閒著。

　　黑車終於追上來了，在車道上再與我們並排。

這一次持槍的蒙臉人瞄準的不再是輪胎，而是前座的老司機。

在這麼近的距離射擊，老司機避無可避，他的死狀一定是腦袋開花。

我手上的秘密武器也準備好了。

玻璃瓶、消毒酒精、布塊……

還有老司機的打火機……

現在的電玩遊戲講究逼真，我玩過一款很暴力的黑幫解謎遊戲，只要收集到某幾種道具，就能組裝成一枚「汽油彈」（**我用消毒酒精取代了汽油**）。

四百毫升的酒精倒進空玻璃瓶，剛好填滿了半瓶。我繞著瓶口紮上沾濕酒精的布塊，點著火後，就往鄰車打開的窗口丟擲過去。

汽油彈就是窮人的手榴彈，我抱著姑且一試的心態，沒想到真的一擲得手，碎開的玻璃瓶冒出了藍色火燄，火勢瞬即竄開，在黑車的車廂裡燃燒！

蒙臉人在駕駛失控之前，還是開了槍。

砰！

我一生中第一次聽到槍聲，嚇得全身發麻。

黑車冒起烈火，並滾下路旁一個正在施工的地盤。我

呆呆看著，心有餘悸，知道了汽油彈是這麼危險的東西，便暗暗警告自己不可再試〔**真的很危險！切勿模仿！**〕。我才稍為鬆了口氣，回頭看著老司機，卻忍不住驚叫出來。

他……他已中了槍，動也不動的倒在方向盤上。

整輛車繼續加速，正處於無人駕駛的狀態。

在那麼短的時間裡，我只來得及繫好安全帶。

車子轟然撞向牆！

那一瞬間，整個空間彷彿被壓縮成碎塊，一切有如慢動作重播。一回過神，只覺得痛楚徹骨，試著挪動雙臂，聽到的好像是筷子折斷的聲音。我好不容易從一片狼藉的車廂逃了出來，只見車頭已撞得稀爛，老司機被安全氣袋包住，真的不知是死是活。

我從未試過如此驚惶害怕……原來已經哭出來了。

在這裡發呆也不是辦法，趕快去向人求救吧！儘管心中響起這個聲音，無奈人生路不熟，黑漆漆的街道連半個人影也沒有。我左晃右搖走了幾步，抹了抹濕透的額頭，才發覺滿手都是鮮血……

在尚有意識的時候，我看到那懸浮在半空的路牌，原來已到了目的地圖書館所在的街道。再走前幾步，我就在一座疑似教堂的建築物前倒下……

我躺在地上，最後看見的景物是圓形拱頂上的浮雕，正中間的天主手握鑰匙，莊重而令人生畏。

當我閉上眼，就只剩下一片漫無止境的漆黑。

──我會死嗎？

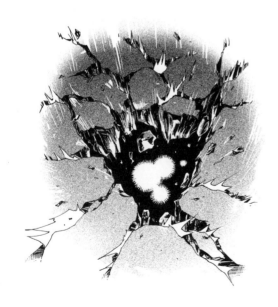

Chapter 3

孤星淚、小王子&昆蟲記

Les Misérables, Le Petit Prince

& Souvenirs Entomologiques

第三章

孤星淚、小王子&昆蟲記
Les Misérables, Le Petit Prince
& Souvenirs Entomologiques

1

我好像死了，靈魂變成個氣球，在半空中飄浮。

「笨蛋。」

在我昏迷的時候，聽到熟悉的聲音。

是妮妮的聲音？

我不確定。

「我要將你的靈魂壓成書籤。」

所有的聲音都像是在夢境聽見的幻覺——說起來真奇怪，我們在夢中會看見影像和聽見聲音，猶如親歷其境一樣，難道說我們的靈魂也有眼睛和耳朵？

感覺像是有人摘走了我的靈魂，眼耳口鼻從器官原來

的位置脫離。

我小時候就有這個想法，死亡和睡覺是非常相似的感覺，都是閉上眼睛，然後漸漸失去知覺。我看不見，聽不見，也嗅不到任何氣味，只知自己置身在全然黑暗和無聲的世界之中。

慢慢的，輕輕的，綿綿不絕的⋯⋯

彷彿有眼淚滴在我尚未失去的觸覺上。

一滴又一滴濕答答的東西，打在我的臉上。

當我睜開雙眼，才驚覺自己沒有死掉。

天地間飄著濛濛的細雨，竟然是我從未見過的紅雨。我驚訝得說不出話，抬望眼，紅色的岩漿在蒼穹流動，天空竟是一片汪洋！

紅的汪洋，火般的雲朵，景色迷離而夢幻。

地球上竟然有這樣的地方？

「你醒了。」

我回過頭，看見妮妮站在斷柱的旁邊。

她穿著一條白裙子，彩紋吊索圍巾在空中飄晃，俏麗中帶著一種寂寞的美態。

妮妮！真的是她！

我難以置信地看著她，竟然有股想擁抱她的衝動。

妮妮抱住一本書，我認得是那本英文版的《納尼亞傳奇》。我初時還以為是錯覺，揉了揉眼再看，眼前果然有一些螢火蟲似的小金點，繞著她的上身盤旋，襯得她好像神話中的仙女一樣。

我依然坐在地上，目瞪口呆。

「方士勇，你這個白痴……大老遠來到法國找我，有危險又不懂知難而退，你腦袋是不是有問題啊？」

她低著頭向著我說話，臉上掛著怒容——對，就是我不見已久的怒容。

「我真的很想念妳嘛。」

妮妮沒料到我會說出這種噁心的話，頰上彷彿出現了一秒的紅暈。

我站了起來，衣服和我出事前一模一樣，但不知為甚麼，血跡消失了。

再看看四周，這裡是小丘上的一個廢墟，既有斷柱，又有亂石群，就像一座古代小神廟的遺跡。不過我不是考古學家，也對歷史不感興趣，要是有哪個導遊帶我來參觀這種廢墟，我暗裡一定會詛咒他娶不到正常的老婆。

「這裡是甚麼地方？」

這是我的第一個疑問。

「這裡是地府……屬於地底的世界。」

妮妮一番話說得正經八百。

她不是開玩笑吧？中國人說地府，洋鬼子相信有「UNDERWORLD〔**陰間**〕」，難道中西所見略同，現實裡真的有這樣的地方？那麼說的話……

「妳……我……是不是已經死了？」

「我沒死。你也沒死。只是我倆的靈魂穿越了『子午線之穴』。正常來說，人要死了，靈魂才能進入這個異世界。可是，地面與地底之間其實有相連的通道，其中一條就在你抵達的法國小鎮裡。」

異世界？

還好我平時有玩網上遊戲，對她的話尚能理解。

妮妮歎了口氣，慢慢向我解釋。

地球的核心究竟有甚麼？

至今仍未有定論，無數科學家抓破頭腦也得不到答案，死不瞑目。當他們死了，來到地府，可能就會豁然大悟，原來地下世界就是靈魂的歸宿……可惜，他們最大的遺憾是無法將論文寄回地上的世界。

肉體無法穿越熾熱的熔岩層……

但靈魂是可以的！

「我有方法進入這個地下世界。簡單來説,就是『靈魂出竅』。」

「靈魂出竅……哦,我明白了,妳可以隨便偷看別人洗澡嗎?」

妮妮瞪了我一眼,眼神中有鄙視我的意思。

在地面與地底之間,原來有一些只有極少數人知道的神秘通道。其中一個入口的名稱就是「子午線之穴」。在特殊的情況下,她的靈魂可以脱離肉體,甚至可以攜帶其他靈魂,穿過這條秘道來進入地下世界〔**聽起來,有點像中國人所説的鬼門關。在各國的民間傳説中,亦有不少關於普通人誤闖地府的故事**〕。

妮妮是甚麼人?她為甚麼會發現這條秘道?她暫時沒有向我透露。

靈魂是一件難以解釋的事物,雖然現代科學開蒙發達,但很多人仍然相信萬物是有靈魂的。靈魂和肉體是分開的,所以憑肉體感官來認知的世界,亦有別於靈魂所認知的世界。

荒謬來説〔**我本來想用的措辭是「正常來説」,但這種事一點也不正常**〕,所謂地府和冥界,即是我現在身處的世界,乃是介乎物質層面與精神層面的「空間」,確實存

在於世上，遵循一種特別的自然法則運作。靈魂在這裡會有「實體」，但我們接觸的一切只是基於過往常識而演變及呈現出來的靈體物質。

依照妮妮這個說法，難怪人死後就要下葬。這樣一來，他們的靈魂就會下沉，然後直達地下世界吧？

這是多麼奇妙的經歷！

我心中充滿了疑問，便向妮妮請教：

「每個人死了之後，都會進來這個世界嗎？」

「不一定。以我所知，每個人死了之後，都會進入不同的世界。我不知道地底下有多少個這樣的世界，但我的靈魂只允許我進來這個世界。」

「所以，好人有好人的世界，壞人有壞人的世界？」

我腦際間浮現出兩個更適當的詞語──天堂與地獄。

妮妮卻搖著頭，百般無奈地說：

「善與惡是一條哲學題目，人類自古爭辯不休，誰也無法定斷。只有一點可以肯定，就是人與人之間有爭執、有仇恨，這個世界依然會發生戰爭。」

「戰爭？」

「在這個世界，知識的力量就是精神的力量。年分等於經驗值，愈是古老的書，它蘊含的力量就愈大。在地上的

世界，人類用軍事力量……即是物理武器來廝殺。在這裡卻不一樣，書是最強的軍事力量，人類用書來戰鬥。」

書？

用書來戰鬥？

接著，妮妮翻開了手中的書。

「這世界最大的統治者叫浮士德，他自稱是冥帝……由於這是個精神力主導一切的世界，生前是弱者的文人作家，來到這裡都會變成強者。而浮士德手上有本叫《國富論》的書，令他擁有無窮無盡的財富，因此，他可以收買無數作家為他賣命。」

我眨了眨眼，幻覺一般的奇事在眼前發生了，環繞著妮妮的小金點逐漸凝聚在一起，組成不可思議的實體。

「*The Chronicles of Narnia*！」

光芒在一瞬間膨脹，竟變成了一隻琥珀色眼睛、鬃如金絲的巨大獅子！

2

聚在妮妮身上的光點，居然變成一隻巨大的獅子。

這是……《納尼亞傳奇》裡的獅王亞斯蘭？

「當我唸出這本書的書名，就能進行『召喚』。你玩過RPG[1]遊戲，應該知道甚麼是『召喚』吧？」

那獅子比尋常的獅子大得多，俯伏在妮妮身後，眼神柔和，猶如一隻溫馴的寵物。我一輩子未見過這麼大的獅子，明明知道牠不會咬我，但心中始終感到畏懼。

在正常的地面世界，遇上這種不可思議的事，一定就會說自己進入了電玩的世界……也許電玩遊戲「禽獸小精靈」的原創者可能有甚麼瀕死經歷，到地府走了一趟，甦醒後就創造出那個大受歡迎的召喚獸系統。

我驚訝地看著妮妮手中的書，聲音竟在顫抖：

「所以，妳這本書就是召喚的媒介？」

妮妮回答：

「這是靈魂與精神力的世界，所有靈魂都能化為實體。書本是作家的靈魂，隨著作家的魂魄而來到這世界的書，都蘊含強大的靈魂力量。只要得到書中精靈的認同，就可以將牠們召喚出來。」

書中的精靈，簡稱就是「書靈」。

我怔怔地仰望著眼前的大獅子，心中的驚訝到了極點。我的目光回到妮妮身上，這一個月的遭遇——在腦中閃過，隨之冒起的疑惑愈來愈多。

[1]RPG，全寫為「Role-playing Game」，角色扮演遊戲，常見的圖版遊戲及電玩類別。

「妮妮，妳到底是甚麼人？警方盤問我，他們説妳是個早已死掉的人……為甚麼？」

我不由得提出最大的疑問。

妮妮猶豫了片刻，才説：

「我的家族擁有很特別的血統，自古我們就擔當『靈魂穿越者』的角色。我們的靈魂都有擅長操縱古書的能力，也就是和書中的精靈打交道。由於近年這個世界發生了很大規模的戰爭，我們這一方為了阻止浮士德的陰謀，便和他的爪牙在地面上展開古書爭奪戰……有一些『靈魂穿越者』是浮士德的信徒。」

儘管我心中已有答案，還是要問個明白：

「所以，妳為了要得到大學圖書館的古書，就利用了我？」

「把你捲入這件事之中，是我不對……希望你相信我，我真的當你是朋友。我是為了你著想，才突然離開，真的沒想過你會在乎我，追尋我的下落。不過，我現在有急事要辦，暫時無法帶你回去地面，請你體諒一下。」

聽到她這一番解釋，我受到極大的安慰，心裡舒服多了……不，她看來是個善於説謊的女人，我不能再次上當，輕信她的花言巧語。

　　我又瞧了妮妮背後的獅子亞斯蘭一眼。

　　亞斯蘭一直依偎在她的身後，為她擋住後方的風沙。像牠這樣的龐然大物，伏在地上也比我和妮妮高出兩倍多。

　　「這隻獅子就是《納尼亞傳奇》這本書的書靈？我摸一摸牠，會有危險嗎？」

　　「你可以試試看。」

　　我戰戰兢兢地把手伸向亞斯蘭的下巴，突然，牠居然張開了黑溜溜的大口，向我大聲咆哮！這一下，我出醜了，整個人嚇得向後摔倒，雙腿因為本能而顫抖。當我看見妮妮在旁格格大笑，我就知道她在作弄我。

　　「抱歉！你的表情太有趣，我實在忍不住……當我把亞斯蘭召喚出來，牠就會與我心靈相通，遵照我用意志發出的指示。哈哈，你放心，你很安全的。」

　　我用鼻子噴氣，悶哼了一聲。

　　妮妮毫無愧疚的意思，笑著繼續說：

　　「這世界有個很奇怪的法則：愈是古老的書，所蘊含的靈魂力量就愈大……譬如，像《希臘神話》和《三國演義》那種古書，就是威力異常強大的書……不過，也有以弱勝強的可能性，因為有些書具有獨一無二的特殊能力，往往會發揮出意想不到的力量。」

　　地上一直有個皮製的大背包，脹鼓鼓的，似乎收納了不少東西。

　　妮妮一邊說話，一邊從背包裡拿出一本書——法文版的《地心歷險記》。

　　「比如說，我手上這本《納尼亞傳奇》的特殊能力就是『智慧』，只要握著這本書，我就讀得懂各國的文字，它就是我的超級翻譯機。而這一本《地心歷險記》，它的特殊能力就是『地底陷阱』。」

　　我第一次聽到這麼有趣的事，感覺真的來到一個冒險的世界——

　　一個用書來戰鬥的世界！

　　妮妮接著說：

　　「唉，浮士德那本《國富論》的特殊能力是『無限金錢洗腦』……很多在歷史上名垂千古的作家，生前通常都是窮光蛋，在飢寒交迫之中去世……只要他們心中有一絲動搖，都會受到浮士德的洗腦。不會有人比原作者更加熟悉他們自己寫的書，所以由作者本人來操縱書靈，就可以發揮出百分之百的力量。」

　　我很快就想到一件事，忍不住插嘴：

　　「這麼說的話，那些作家都是我們的敵人？」

妮妮心有不忿地说：

「浮士德是一個獨裁者，他的黑暗力量幾乎無敵。除了《國富論》之外，他還擁有五環書之首的『黑‧五環書』，可以召喚出黑暗之王『Bî』……他最初就是憑這本書向世界展開了侵略。現在，世界有一半以上的領土，都在他的統治之下。」

「五環書？就是妳在大學圖書館偷走的書？」

「嗯。你的記憶力不錯。五環書一共有五本，是自盤古初開就出現的書，非常神秘，單獨一本，已經蘊藏超乎想像的巨大力量……只要集齊五本，就可以召喚出神話中的『黃金五環戰士』。浮士德很清楚這件事，要是讓他得到了所有五環書，後果將不堪設想。」

「哦！難怪妳千方百計，都要把五環書偷到手。」

妮妮的語氣極是無奈：「可是，我還未解開這本書的秘密。我帶來這世界的五環書，是『黃‧五環書』，我翻過幾次，就算用盡亞斯蘭給我的智慧，也無法讀懂……這是超越我理解和認識的陌生文字。」

她瞥了我一眼，又说：「這些事情，你其實不應該知道的……你不屬於這個世界。我的夥伴即將出現，將五環書交給他們，我的任務就會大功告成。」

我腦中還有不少疑問，正想向妮妮問個明白，耳邊出現了嗦嗦沙沙的怪聲。

廢墟外圍是空坦坦的泥地，另一邊就是一大片草叢和樹林。一看四周，我整個人都愣住了，不知由何時開始，泥地上出現了一大群褐色帶尾的小東西……

都是蠍子。

數以千計的蠍子，重重分布在曠野的四周，迅速地爬向我和妮妮。

3

獅王亞斯蘭怒吼一聲！

我在慌忙之中掩耳，耳膜仍然隱隱作痛。

這一聲咆哮好像奏效了，數千隻蠍子停止了活動。

這些毒蟲的表面光滑，一靜下來，看上去貌似一堆螢光色的塑膠玩具，在空地上鋪得密密麻麻，豎起彎彎的螫針，凜然駭人。

在正前方，有兩個男人緩緩往廢墟這邊走來。右邊的老者蒼顏白髮，戴著紳士禮帽，衣著頗為講究。左邊的男人較年輕，有股瀟灑不羈的氣質，穿著皮製寬尾夾克，頭戴空

軍飛行員的罩帽和護目鏡。

在我看來，那是兩個外國人，前者的打扮很傳統，後者的裝束比較近代，但也是老舊得只會在爺爺的舊照片上看見的款式。總之，這兩個男人都有種說不出的駭異感覺，怎麼看也不像是我們這個時代的人。

「妮妮……他們就是妳要等的人嗎？他們打招呼的方式很獨特……」

「我也希望他們是朋友，但他們是敵人……這一次看來是凶多吉少了。」

聽了妮妮這個說法，再看著她憂慮的神情，我就知道將會有倒霉的事發生。

上次死裡逃生，簡直是畢生難忘的夢魘。她怎麼可以把我帶來這個世界，又令我的生命受到威脅？我們現在已經是靈魂狀態，再死一遍，不就是魂飛魄散嗎？

妮妮乘著敵人未來到的空檔，對我說悄悄話：「右邊那個較年輕的男人，你要特別小心，我可顧不了你。只要你一看見他打開書，你要立刻緊閉眼睛，最好掩著臉趴下，要不然你的眼睛就會瞎掉。」

我只聽得一知半解。

妮妮目光凌厲，一直瞪著那兩個男人。

　　兩個男人竟然都不怕蠍子，穿過蠍子之間的空隙，來到一個可以和我們對話的位置，但始終保持著一段距離。

　　地方空曠，妮妮的聲音傳得很遠：

　　「法布爾先生，聖修伯里先生，久仰大名。你們的作品都是我非常喜歡的書。我猜，你們都把自己的名著帶來了。《昆蟲記》是物理攻擊系的書，可以召喚出強大的昆蟲戰士。《小王子》的特殊能力是『耀目之星』，會放出足以致盲的超級強光，甚至將黑夜顛倒為白晝。」

　　乍聞此言，我才猛然想起浮士德用《國富論》把作家洗腦之事，所以眼前的兩個男人都是已故的大作家——如今竟是來追殺我和妮妮的壞人！這麼荒誕不經的事只怕寫成小說，也無人願意相信！

　　法布爾和聖修伯里互相打了個眼色，他們都拿著一本已經翻開的書，而妮妮好像瞧穿了他們的底蘊。

　　那戴禮帽的老者就是法布爾，他向著妮妮，笑瞇瞇朗聲說：「幸會！這位美麗高貴的女士，妳一定就是尼莎白小姐。妳真人比海報上的樣子漂亮多了！」

　　妮妮詫異地問：「海報？」

　　法布爾笑著回答：「對啊！現在大街小巷都貼滿妳的海報。妳是法國有史以來懸賞最高的通緝犯。」

太不可思議了……

法布爾講的明明好像是法語，但我竟然聽得懂他的說話……難道這就是「靈魂的語言」？

妮妮目光驟然變得銳利，回頭轉往後方，瞪著遠處的草叢，大聲道：「誰鬼鬼祟祟的躲在那裡？」

樹叢中的人自知行跡敗露，便走了出來。他整張臉蓄著白色的大鬍子，眉頭有非常深的皺紋，戴著黑帽，身穿非常正式的西裝，看來是個出身上流社會的上等人。

妮妮的臉上出現黯然之色，略帶憂傷地說：

「想不到是你。雨果先生。」

雨果？這個作家的名字好耳熟，我好像在哪裡聽過……看來妮妮很不想跟他戰鬥。但我這個局外人也看得出來，敵人相當狡猾，前後包抄我們的位置，現在是三對一的局面，妮妮的處境很不樂觀〔**我毫無作戰能力**〕。

法布爾的外表最蒼老，聲音亦然：

「尼莎白小姐，我知道妳家族的來歷。尼莎白家族自古就是兩個世界之間的外交官，妳應該也繼承了祖傳的『書靈百科全書』吧？所以妳一看見我們，就知道我們的身分，對我們的書也瞭如指掌。相信妳也應該猜得到，我們三個為甚麼會在這裡出現吧？」

妮妮面不改容，把很嚴重的事説得很輕鬆：

「來接我的人全軍覆沒，都被你們幹掉了。」

法布爾皮笑肉不笑，這樣的笑容令人覺得很噁心。

他看著妮妮身後的巨大獅子，又説：

「牠就是獅王亞斯蘭吧？妳是決心與我們一戰嗎？我奉勸一句，人與人的戰鬥，可免則免，我們三個大男人也不想對一個小女子動粗。妳犯下叛國罪，勾結英國人，罪無可恕。不過……只要妳乖乖交出五環書，妳就會成為法國人的英雄！」

「如果我拒絕呢？」

「嘿，現在妳看見的蠍子，品種是朗格多克蠍子。牠們的螯針一刺中妳，妳不會死，但會全身劇痛，奇癢無比，生不如死……我保證妳到時候會跪地求饒。」

蠍子蠢蠢欲動，牠們的毒尾巴繃緊成弓形。

妮妮只是「哼」了一聲。

三個敵人。

妮妮孤身應戰。我……只是觀眾。

「要跪地求饒的是你們！你們準備受死吧！」

沒想到妮妮這麼兇，毫不退縮，正式宣戰。

此話一出，亞斯蘭就如射出的炮彈般向前飛撲！

　　與此同時，數之不盡的蠍群向我們壓迫，好像淹沒土地的巨浪！

4

　　亞斯蘭一躍，就跳出十米遠，一踏就踩死數十隻蠍子。眼看牠再跳起，就要撲向法布爾的面門，可是一縷綠煙由法布爾手上翻開的書高速噴出，一瞬間膨脹，濃濃的綠煙中出現了一隻巨大的怪物。

　　那怪物伸出兩對毛茸茸的前肢，擋住了由半空中撲下來的亞斯蘭。

　　綠煙散去之後，我終於看清楚了──

　　那是一隻巨大的黑蜘蛛！

　　黑蜘蛛大得好像是史前生物，有八條腿，體型和亞斯蘭不相伯仲，頭上四對碧綠色的眼珠冒出寒光，大口露出兩顆冷森森的毒牙。

　　亞斯蘭本能感到危險，跳到一旁，躲過黑蜘蛛由嘴裡噴出的毒液。只見亞斯蘭左右蹦跳，繞著蜘蛛轉來轉去，一有機會就再向前噬咬。但無論亞斯蘭從哪個方位撲上，大蜘蛛動作極快，都能擋住牠的攻勢。

這場巨大蜘蛛和獅子的大戰很精彩，可是我無法再靜心觀賞下去，因為前方一大片蠍子愈來愈近，如黑色的濁水般洶湧而至。

妮妮聚精會神，一邊看著亞斯蘭打鬥，一邊由左至右來回踱步，就是不知她在幹嘛。

「妮妮，有甚麼需要我幫忙嗎？」

我承認，我問了個很蠢的問題。

妮妮指著不遠處的大背包，打了個眼色，示意叫我揹起它⋯⋯我立刻過去抬起背包。哇！重得要命！背包裡到底有甚麼東西？都是鉛塊嗎？我這時才想起，我平時都是付錢請人做功課，回家都不用帶書，所以我的書包總是輕飄飄的，背肌一直缺乏鍛鍊。

我轉過臉，才發現妮妮已逃到後方，老遠的，只剩我一個人呆在原地⋯⋯

妮妮在遠處大喊：

「你想活命的話，就要快跑過來！」

可惡⋯⋯

我揹著這麼重的背包，還來得及逃命嗎？

當我一回頭，才驚覺蠍群爬得很快，已來到了我身後不到半米的位置。這些蠍子都在追著我跑，我心裡明白，只

要稍為停頓，牠們都會一一爬上我的腳趾，用尾部的螫針在我身上刺出無數個血孔！

砰、砰、砰！

我腦後突然出現地裂山崩般的巨響。

回頭一看，碎石紛飛，揚起兩米高的土塵，我看傻了眼，因為身後的地面突然大幅下陷，少說也有數百隻蠍子被活埋在沙石之中。

地底陷阱！

我想起妮妮說過，《地心歷險記》具有這樣的特殊能力。果然如我所料，她手上翻開的書除了《納尼亞傳奇》，還有《地心歷險記》。

這就是一個用書來戰鬥的世界！在適當的時機使出書靈，就像打出了一張好牌，手上的書可以創造出不同的牌型組合⋯⋯

回想剛剛的一幕，如果我的想法沒錯，妮妮的戰術就是把我用作誘餌了⋯⋯嗚嗚，她真的當我是朋友嗎⋯⋯

深坑約有二十米長，暫時阻隔了蠍群。

就在此時，我瞧見遠方，亞斯蘭直接撲向黑蜘蛛，撞在一塊兒，交纏的肢體在地上打滾，就像一個雙色的毛線球。一番廝鬥之後，本來亞斯蘭壓著黑蜘蛛，但蜘蛛突然口

噴毒液，令亞斯蘭不得不躲開。

亞斯蘭向後跳之後，也沒向前乘勢再攻，而是回身向著我們這邊直奔。

「快！現在是逃走的機會！」

妮妮拉著我，向前面跑。

她在開戰前挑釁對手，但真正的策略是逃跑……我玩RPG遊戲的時候，一旦遇上打不過的敵人，我也會選擇「逃跑指令」。

亞斯蘭跟著我倆，一同衝向雨果的方向。雨果只有一個人，只要突破他的防線，我倆就能溜之大吉……咦！敵人哪會這麼笨？

我有不好的預感。

雨果突然拿出一本書，又同時戴上護目鏡，嘴裡唸唸有詞。

妮妮突然大喊：

「糟糕！竟然是《小王子》！」

剎那間，有一團龐大的黑影由空中壓下來，令我整個人向前摔倒趴下。我鼻子和嘴裡都是泥巴的味道，眼睛自自然然閉上了。我還隱約聽見一個男人洪亮的喊聲：

「*Le Petit Prince*！」

隨即，一團媲美射燈的強光在漆黑的視野中出現！

5

光束彷彿由四方八面的空隙滲透進來，亮如初升的旭日，即使我雙眼緊閉，仍感到有股刺眼的強光穿透眼皮。

可想而知，如果我直視光源，雙眼一定瞎掉。

背上的重壓消失了，我緩緩站了起來，睜開微微吃痛的眼睛，視野霎時有點模糊。

當我的視力漸漸恢復正常，先是看見眉頭緊皺的妮妮，然後望向亞斯蘭，發覺牠正無力地趴在地上，眼睛無法睜開的模樣。

亞斯蘭瞎了。

在強光將要出現的一剎那，突然有團黑影保護了我和妮妮，那種溫暖的感覺就是亞斯蘭巨大的身軀。

妮妮撫著亞斯蘭的頭，非常難過地說：

「耀目之星──放出強光令敵人失明，就是《小王子》的特殊能力。真是聰明反被聰明誤！我這一次失算了，一直以為《小王子》在聖修伯里的手上，沒想到他把這本書借給了雨果。」

妮妮熟背古書名著的資料，甚至連作者生平也了然於胸，這等於帶著一本內附圖鑑的攻略本，在決戰上無往而不利。但法布爾等人的心計更勝一籌，正好利用這一點，故意設下一個圈套引她上當。

雨果出其不意地使用《小王子》，效果就像投出一枚致盲的閃光彈。他和聖修伯里同是法國人，母語相同，容易互相理解，使用對方的書自然不是甚麼難事。

要不是亞斯蘭自我犧牲成為屏障，在這麼近的距離受到強光直射，我和妮妮必定遭殃。

我看看前面，又看看後面。

前方的雨果一夫當關，圈地自守，胸前吊掛著全黑色的護目鏡。他的雙眼空洞洞的，彷彿有一抹詭異的邪光在流轉，令他看起來就像個受到操縱的傀儡。

法布爾和聖修伯里跟著大蜘蛛逐步逼近，他們也有特殊的護目鏡，所以才不怕強光襲眼。大蜘蛛的八足上下擺動，走過來的時候，前面的兩對前肢摩擦，發出嘶嘶聲，聽起來就像是綢緞撕裂的聲音。

單是看著這隻恐怖的怪物，我已感到毛骨悚然。

人類一直都比昆蟲巨大，現在角色調換，由我們仰望高大的昆蟲，我們才瞭解一隻可憐的生物在垂死掙扎前的無

助感。

　　法布爾向著妮妮，嗓門很大：

　　「這隻蜘蛛是狼蛛，牠是昆蟲界中最殘忍的冷面殺手之一。如果妳讀過我的著作《昆蟲記》，妳就會知道牠可是不好惹的。一隻瞎眼的獅子，也許還可以奔跑和咬人，但妳認為牠敵得過我的狼蛛嗎？」

　　雖然眼前只是一隻盲獅，但法布爾始終顧忌亞斯蘭亂抓一通的破壞力，所以還是不敢貿然接近。一時間陷入絕境，我們好像在等死一樣。法布爾等人不急著出手，就是在等我們自動自覺投降吧？

　　妮妮露出一副好像將要世界末日的表情……

　　「看來我只好投降了。」

　　她將翻開的書蓋上，亞斯蘭竟在瞬間消失了。

　　法布爾禮尚往來，也蓋上了自己的書，巨大的狼蛛也在瞬間消失了。

　　妮妮竟然示弱：

　　「是不是只要我交出五環書，你們就會放過我？」

　　法布爾笑瞇瞇地說：

　　「嗯，妳知道的，我們都是紳士。我可以用上帝的名義發誓。」

　　妮妮一聲歎息，便把手中的兩本書拋到地上，等於棄械投降的意思。

　　這次輪到法布爾和聖修伯里站著，由另一邊的雨果走過來，準備接收妮妮交出的五環書。這三個大人的態度非常謹慎，仍未徹底放下對她的戒心。

　　我暗中期待妮妮還有秘密殺著，抱著最後一絲希望，湊近她的耳邊問：

　　「妮妮……我們真的不反抗嗎？」

　　她垂頭喪氣地說：

　　「我是女生，他們不會對我怎樣，但會不會殺你就很難說了……你把書拋出去，砸中敵人的頭，說不定還有一線生機。」

　　我嚇得大驚失色。

　　因為最近連番受到死亡的威脅，我的行為變得極不理性，竟然把她的胡言亂語當真，真的把手摸進大背包裡，掏出了最厚最重的一本書。

　　這本書，我見過……

　　就是我陪妮妮偷出來的五環書。

　　「白痴！別亂來！」

　　妮妮來不及制止我。

書的封面突然閃爍。

我迎向雨果之際，不由自主地翻開了書，猛然間只覺手上的書變得異常沉重，猶如黑洞一般的巨大吸力，將我渾身的力量吸進一片無底的深淵。接著，我無法呼吸，一股粉身碎骨的疼痛感由手腕傳遍我的全身。

五臟六腑都在以攪拌機的速度翻滾。

這是一種靈魂快要被吞噬的感覺。

在昏厥之前，我看見一團巨大的黑影由書中冒出來。

那是一頭雙眼閃光並且長著羚角的巨獸！

6

畫像中的惡魔總是長著羚角，因此，我自小就不喜歡羚羊和山羊。

惡魔、天使、幽靈、仙女……這些虛構出來的東西，他們在我心中的形象到底來自哪裡呢？是小時候的床邊故事？還是某一本故事書的插圖？

另外我又有疑問：為甚麼第一個畫出惡魔的人要加上一對角？如果他把惡魔畫成象頭人身，世人也許會覺得大象都是惡魔的化身。

　　我想起來了！我第一次看見惡魔的畫像，是在醫院兒童閱讀室的圖書之中，惡魔就是墮落的天使。

　　「小勇……我夢見天使來接我了，他們説要帶我去書中的童話世界。以後你要自己看書，有一天會有同一樣的天使來找你，帶你到媽媽要去的世界……」

　　當我聽到媽媽這麼説，就知道死神已坐在她的床頭，凝視著她蒼白的臉龐。

　　媽媽很窮，她留給我的遺物之中，唯一能變賣的東西只有一箱舊書。在她臨死的日子，我都會到醫院陪她，一而再，再而三翻看英文版的《納尼亞傳奇》。在我幼小的心靈之中，故事中的亞斯蘭是我最要好的朋友，陪我走過那段灰暗的日子。

　　可是在媽媽逝世之後，我就沒再看書了。

　　媽媽説過，如果她只剩下一點錢，她會把一半分給我，然後就算自己要挨餓，也要用餘下的錢買書。

　　「有一天，當你的人生遇到困難，書就是陪你並肩作戰的好夥伴。」

　　我做了一個很長的夢。

　　在夢中，母親穿著和妮妮一樣的白色裙子……

　　有一陣刮喇的風聲，吹醒了我的夢，令我的夢境漸漸

褪色。我回到現實世界，但這世界一點也不真實，眼前是一片黑沉沉的樹林，朦朧幽靜，好像是投射出來的幻影。我睜開眼，又發現自己的身體覆蓋在一堆樹葉之中。

「你這個傢伙有戀母情結麼？」

妮妮低沉的聲音就在耳邊。

我仰起上半身，發覺嘴巴裡含著東西，一吐出來，竟然是襪子。

妮妮盯著我，滿顏不悅地說：「你這傢伙好吵！不停說夢話，喊了好幾次媽媽……我便脫掉你的襪子，塞在你的嘴裡。」

雖然我有點生氣，但頭腦昏沉，只顧著問：「這裡是哪裡？敵人呢？」

其實，我一睜開眼，就知道這裡是荒山之中，妮妮和我正藏匿在一個有遮掩的坑洞之中，似乎這裡是一個臨時的避難所。

妮妮跳過我的問題，只是告訴我：

「你昏迷了超過十個小時。」

「所以，是妳救了我嗎？」

「我沒救你。反而是你救了我。」

妮妮用曖昧的眼神看著我。

「我救了妳？」

我聽得一頭霧水。

這時我留神一看，才發現妮妮的衣背沾滿一片鮮血，就像染紅了的茉莉花一樣。

我指著妮妮身上的血跡，結結巴巴地說：「妮妮……妳背上……」

妮妮沒有露出吃痛的表情，若無其事地說：「只是一點小傷，我能逃出來已經是萬幸了。」她這樣說，倒顯得我很沒用，獨個兒在大驚小怪。

我好奇地問：「咦！為甚麼妳會流血的？我和妳現在是靈體，靈魂沒有肉體，照理說不會流血吧？」

對於這個現象，妮妮以不耐煩的口吻，試著向我解釋：「對你來說，流血代表甚麼意思？」

「流血、流血……不就是受傷了的意思嗎？」

「你沒錯。在你的概念之中，流血就是受傷了、生命受到威脅的意思。你要明白，這是一個意象的世界，靈魂受到的傷害，會以你能理解的外觀呈現。」

「我還是不太明白。」

「你想尋根究底的話，我就要用柏拉圖的哲學來解釋了……這要花上好幾個小時。你想聽嗎？」

我立刻搖了搖頭，心中有更著緊的事，便轉換話題：

「剛剛我昏倒之後，到底發生了甚麼事？」

「我命大……但想不到你更加命大，這樣也死不了，真是奇蹟呢……」

她的弦外之音，即是說我死不了令她感到很意外嗎？

原來在千鈞一髮之際，一團黑影由我手上的五環書颷出，我竟然做出一件超乎常理的事，召喚出傳說中的神級書靈——冥界之神『Yīn』。

當然，妮妮亦說可能不是由我召喚的，只不過祂自己想出來透透氣罷了，要知道神級的書靈本來就喜怒無常。我皮光肉滑又不含防腐劑，祂可能想將我當作活祭品，差一點就吞掉我。

事出突然，站在我前方的雨果猝不及防，結果就變成了「一口料理」，被我胡亂召喚出來的冥界之神「Yīn」吞噬了。

「就這樣……我幹掉了一個偉大的作家？」

雖然我本來要用的詞語是「殺死」，但心想對方早就入土為安，用這個詞語始終不太恰當。

妮妮又提到，在我昏倒之後，「Yīn」僅僅出現兩秒就消失了。難得前有活路，妮妮極速撿起地上的書，再度召喚

出亞斯蘭。她騎著瞎眼的亞斯蘭，給牠指示大概的方向，往森林深處逃亡……過程中，牠一直叼著我的屁股……難怪我的屁股上有兩排牙印，真不知受苦的是我還是亞斯蘭。

妮妮正在說話的同時，也在翻著一本書，書名是「Les Misérables」。

原來妮妮趁著雨果倒下之際，還不忘馬上過去拾起他的肩包，這種手段真是厲害，可見她的實戰經驗相當豐富。她本來要奪走的書是《小王子》，沒想到肩包裡的書是雨果所著的《孤星淚》。

我笑嘻嘻地向妮妮討功勞：

「哈哈，這麼說的話……我對妳有救命之恩，妳要怎麼報答我呢？」

「我現在使出『地底陷阱』的話，你就要永遠長眠在這裡。」

妮妮不但沒有謝恩，竟然反過來恫嚇我……想不到地下世界的道德觀，已經腐敗到這個地步。

「我裙底下藏著一把匕首。要不是你突然亂來，我就會暗算雨果。現在，我們是死不了，但還沒真正脫險，法布爾和聖修伯里一定正在追捕我。」

妮妮不避男女之嫌，稍為掀起了裙子，讓我看一看皮

套裏住的匕首。但我瞥到了她雪白色的大腿，不禁感到面紅耳赤。

裙底下藏匕首……我很好奇，她到底一直接受甚麼樣的教育長大……

「幸好你一昏倒，就放開了五環書，再慢半秒，你的靈魂要粉碎了。本來我想騙你再做一次實驗，可是我擔心有危險，還是放過你……別怪我沒警告你，五環書這本書，你以後還是不要碰，不可再隨便翻開。」

就算妮妮不叮嚀，一想起那種極級酷刑似的劇痛，我也不敢再摸五環書的書皮。

「理論上，一般人未看懂整本書，是不可能把書靈召喚出來，但你的確召喚出連我也不能召喚的冥界之神……真是令人費解呢……」

妮妮上上下下打量著我，目光中不懷好意。

我不禁擔心——當我下次睡著的時候，她就會解剖我的身體。

晚間的樹林陰森恐怖，每當有風吹草動，妮妮都會繃緊神經，幸好都只是虛驚一場。用不著妮妮明言，看著我和她躲在坑洞裡的窩囊相，我就知道隨時會有生命危險，敵人正在林間狩獵我們的蹤跡。

　　妮妮一直在想事情，我在沉默中熬了很久，才等到她開腔：

　　「敵人手上有《昆蟲記》和《小王子》，很難對付。不是人人都有召喚書靈的天賦，但你好像有這樣的天賦……你給我好好聽著！我想到一個戰術，如果你能成功召喚書靈，也許就能成功……」

　　「妳繞了一大個圈子，是不是想説我是個天才？哈哈，不管如何，只要妳需要我幫忙，我都很樂意幫忙。」

　　「唉！再也沒有更好的辦法了。我唯有在你身上賭一把了。」

　　妮妮歎著氣説出這番話，她對我的信心似乎很薄弱。

　　捫心自問，我這個人不僅不愛讀書，而且又不愛惜書，心情不好就會塗污內頁……別人讀書讀到某一頁，會貪方便摺起書角當書籤，而我就會斜摺半頁紙……假如書中真的有神明的話，我也沒把握祂會保佑我。

　　妮妮又歎出一口氣，就開始教我召喚書靈的方法。

7

「在這個世界，用書戰鬥有一定的規則。每本書都蘊藏著獨一無二的書靈，也許有的書靈有相似的能力，但絕對不會完全一樣……我舉個例，正如有些人長得很像，但終究不是一模一樣……」

「雙胞胎呢？」

「就算長得一模一樣，還是有差別的。」

妮妮捏起了拳頭，我知道如果再駁嘴的話，下場一定悲慘……

她的目光變得很嚴厲，再次提醒我：「不想死的話，你必須在這幾個小時之內，學會召喚書靈的方法。」

要成功召喚書靈，必須牢牢記住三個重點：

第一，首要條件就是必須熟讀整本書，領悟著作的真諦。如果連書也沒看就想得到書靈的認同，就像一個臭乞丐拿著門票邀請陌生的美女看電影一樣，真是門兒都沒有。

第二，打開書本，唸出書名，就是召喚書靈的咒語。反之，只要雙手離開了書，又或者蓋上了書，書靈就會自動消失。

第三，成書年分愈久遠的書，其書靈的力量愈強大。

此外，圖書主人擁有較強大的精神力，所召喚出來的書靈也會略勝一籌。

為了方便我理解，妮妮寫出一條簡化了的數學公式：

書靈的戰鬥力等於書齡和召喚者精神力的總和。

由書召喚出來的書靈，和原書內容不一定有關連，亦不是世間所有名著都有書靈。不同的召喚者使用同一本書，召喚出來的書靈或者在形態上有差別，也有強弱之分，但本質都必然是一致的，具備相同的特性和能力。

「你一旦把書靈召喚出來，牠就是一個獨立的生命體。你透過心靈溝通，只能向牠發出簡單的指示，盡可能描述，然後牠就會憑自己的意志行動。」

妮妮說到這裡，我大致上都能明白，很快就能進入下一節課，由她向我講解書靈的種類分別。

「書靈主要分為兩類：一種是物理戰鬥系，法布爾的昆蟲戰士就是一個好例子；另一種就是特殊能力系，例如《地心歷險記》，書靈不一定有實體，施法之後，只要啟動能力，就可以令土地崩裂下陷。」

甚麼物理戰鬥系，又甚麼特殊能力系，真複雜。

照我理解，前者就是「實體怪物」，後者就是「魔法效果」吧？

　　妮妮親自示範，拿著《地心歷險記》，在我面前繞著小樹走了一圈。當她唸出「Voyage au centre de la Terre」這一長串書名，小樹四周的泥土真的下陷了，簡直就像埋下了隨時引爆的地雷，令人嘖嘖稱奇。

　　我暗暗為她喝采，順便發問：

　　「妳還能隨意控制下陷的幅度，對不對？」

　　「沒錯。不過，我能控制的幅度有限，每一次啟動能力，只能造出兩米深的坑洞。而且這一招有距離限制，我只能令視線範圍之內的土地下陷。」

　　看了這麼有趣的事，我感到興奮不已，這輩子第一次求人借書。妮妮把書給我，還借了我一個連著小夜燈的小夾子，夾在書頁，就可以在夜間閱讀。

　　我磨拳擦掌，速覽整本書……可是，全都是法文，我根本連書名也不會唸。

　　原來，在靈魂世界，言語和文字各有不同的系統。靈魂之間的溝通透過第六感，可以跨越語言的界限，但文字是另一種表達的方式。

　　我立刻想到：「既然有這樣的局限，我不會法語，又怎會看得懂用法文寫的小說？」

　　妮妮看穿了我的疑惑，將《納尼亞傳奇》拿出來。

　對了！《納尼亞傳奇》有很棒的特殊能力，可以即時翻譯各國的文字。

　「你要小心用啊！這本書是我家傳之寶。通常，物理戰鬥系的書靈不會具備特殊能力，所以像亞斯蘭這種混合型的書靈，可說是極為罕見的例子。」

　雖然我和亞斯蘭只見過一面，但在我的心中，牠是我認識已久的朋友。

　我摸著書皮，忍不住向妮妮問起牠的傷勢。

　「你要記著，二十四小時是個很重要的時限。」

　「為甚麼？」

　「書靈只是一種由書衍生出來的靈魂力量。書才是本體。即使書靈受重傷，或者被摧毀，只要蓋上書，等待二十四個小時的『復活時間』，時間一到就可以重生。」

　妮妮吩咐我要好好保管背包，要將書看得比性命更重要──因為書靈可以復生，可是書籍一旦損毀，就永遠無法再用它來召喚出書靈了。

　「哦……只要將書蓋上，等待二十四個小時，受傷的書靈就會自動痊癒。但如果還未夠時間，我將書靈叫出來，書靈仍然是受傷的狀態，二十四個小時又要重新計算。我這樣理解對不對？」

　　我提出自己的見解，妮妮平時一直瞧不起我，這時候居然向我點頭讚許。

　　「有些書有很有用的特殊能力，但無法用來戰鬥。比如説，《孤星淚》的特殊能力是『偷書賊』，可以在別人失去反抗能力的情況下，偷走他的書。在真正的戰鬥中，敵人才不會這麼輕易就範呢！」

　　《孤星淚》和《地心歷險記》都屬特殊能力系，只有《納尼亞傳奇》可以召喚出物理戰鬥系的書靈。亞斯蘭是我們在攻守方面唯一的戰力，但牠瞎了眼，一定敵不過大蜘蛛。而「地底陷阱」只是雕蟲小技，沒有足夠的殺傷力。

　　分析了目前的形勢，如果在這時碰上法布爾和聖修伯里，我們就是死定了。

　　除非出奇制勝，否則我們毫無勝算。

　　妮妮想出來的戰術，需要我的配合才能實現。

　　真的能召喚出書靈嗎？我不禁懷疑自己的天分。

　　聽完妮妮的一番解説，我就打開那本《孤星淚》來看，首先最想知道的事，就是這本書到底有多少頁。當我算出了總頁數，心情就變得相當沉重。怎麼每一頁都是密密麻麻的字？簡直恐怖得令人發抖。好不容易才翻到有插圖的頁面，我如釋重負地鬆了口氣。

「超過一千頁的書算甚麼書？應該叫『字典』啊……」

我笑嘻嘻説出我的結論。

妮妮看著我這種閱讀態度，瞪過來的目光中充滿了怒火……她居然沒有罵我，只是拿出了她的匕首，板著臉擱在胸前。她好像在向我暗示，如果我再不認真一點的話，她就會將我碎屍萬段……

我再看看書上的插圖，正想轉移話題，覺得插圖中那個握著掃帚的女孩很面善，想起了甚麼，便大叫出來：「咦！這張圖我好像在哪裡見過……是不是某一齣音樂劇的招牌圖案啊？」

一扯到書的話題上，妮妮突然興奮起來，面色也溫和了許多。

「幸好你不是完全無知！『Les Misérables』是原法文書名，英國人將這部名著改編成音樂劇。書中描述1832年的巴黎抗爭那一幕真是精彩！」

竟然會和異性朋友談論一部文學鉅著，感覺雖然有點怪怪的，但我相信這樣的事會令我畢生難忘。

那插圖中的女孩是個命運坎坷的小孩，眼神和妮妮有幾分相似呢……我偷偷瞟了妮妮一眼，心中對她的過去大感興趣……不過她手上拿著利器，還是不要過問她的私事比較

妥當……

這肯定是一本好書。

可是，我忍不住抱怨：

「問題是……要我在這麼短的時間內讀完一本書，怎麼可能啊！別說是看，就算是吞，我也未必夠時間吞得下整本書……書未讀完，又怎麼召喚出書靈啊？」

安慰我、幫助我……這些事妮妮都不會做。

她只是冷冷地瞪著我，極端無情地說：

「如果我的想法沒錯，有一個計畫是可行的。計畫失敗了的話，你就要有心理準備，我會自己逃跑，將你丟在這裡……你這種人死了，我是不會為你難過的。」

8

妮妮說過，法布爾生前是昆蟲學者，窮年累月走入山中觀察昆蟲，因此他的嗅覺和觸感異常敏銳。我知道，大多數女生都害怕昆蟲，雖然法布爾這種癖好極有可能令他不受女性歡迎，但山林是他熟悉的戰場，他一定有方法找到我和妮妮藏匿的地點。

二十四個小時，這是黃金時限。

　　法布爾和聖修伯里組成了拍檔，正在不眠不休對我們窮追不捨。

　　只要他們在二十四個小時之內向我方發動突襲，《昆蟲記》的巨大蜘蛛無可匹敵。恐怕他們已看穿了我們的底牌，亞斯蘭是我們唯一的物理戰鬥系書靈。即使妮妮在逃走後將書合上，也須苦等二十四個小時，亞斯蘭的雙眼才能痊癒，恢復百分之百的戰鬥力。

　　法布爾全力追捕，我們全力躲藏。

　　只要他們勝出了這場躲貓貓的遊戲，就是宣判我和妮妮的死期。

　　《昆蟲記》是一部由多冊組成的叢書，內容涵蓋黃斑蜂、螳螂、小甲蟲等等。法布爾可透過其中一冊《昆蟲記》召喚出糞金龜，這書靈的特性是可以把糞便變回食物……顯然而見，這樣的書靈，在決戰上毫無實用價值。

　　法布爾這次帶著第十冊「高明的殺手」，巨大狼蛛是叢書中攻擊力最強的書靈，再加上朗格多克蠍子，足以將我和妮妮折磨到死。

　　蹬蹬、蹬蹬……

　　腳步聲來了。

　　法布爾和聖修伯里比我預料的早到。

　　我早就遵照妮妮的吩咐，藏身在一個對方不容易察覺的地方。

　　一聽到有聲音，我立刻提高警覺。

　　「噢！」

　　忽然有人發出驚歎的叫聲。

　　「小魔女！我找得妳可苦呢！妳居然自投羅網。」

　　我認出這個蒼老的聲音屬於法布爾。

　　儘管我無法親眼目睹，但聲音清晰地傳入我的耳中。

　　一切按照計畫進行，當法布爾和聖修伯里沿著山路搜索，妮妮就會在兩棵大樹之間現身，嚇他們一跳。只要妮妮將雙手放在背後，敵人便瞧不出她拿著甚麼書，哪怕只是虛張聲勢，這番舉動也會令他們卻步。

　　「妳的背包呢？」

　　果然，法布爾發現了這件事。

　　「呵呵，我把大背包藏起來了，你們一輩子也不會找得到。」

　　換了我是敵人，聽到妮妮這麼說，亦一定氣得半死。妮妮非常清楚，即使法布爾捉拿了她，無法得到五環書，這次的任務亦等於失敗。要在森林之中尋人不算難，要找一本書可就難得多了。

我屏氣斂息，繼續傾聽法布爾與妮妮的對談：

「妳看來不怕昆蟲呢，真是個勇氣可嘉的女人……但我一定會想出拷問妳的方法，不會令妳失望的。」

「你也應該知道，我這種女人比男人更有骨氣，寧死也不會屈服。」

隔了半晌，法布爾又再試探：

「嘿……妳的朋友呢？」

「我也不知道呢。他好像去了洗手間。」

妮妮愈是胡言亂語，法布爾愈會懷疑當中有詭計。

這個局面合乎她的意料，老年人恃著人生經驗豐富，心思異常縝密，一定不會魯莽進攻。聖修伯里比較年輕，但依照上一戰的經驗，他一定對法布爾言聽計從，只擔當支援助攻的副手。知己知彼，百戰百勝，妮妮除了讀書，也會細讀作者的生平，在實戰上就有這樣的好處，可以分析作者的個性。

突然間，我又聽見法布爾的聲音：

「現在我的蠍子已經開始包圍妳。妳怎麼還不動？」

妮妮在舌戰上佔著上風，冷嘲熱諷：

「你們兩個大男人，對付我一個小女人，還要婆婆媽媽的！叫了這麼多蠍子出來，圍在自己四周，難不成是怕了

我？真膽小呢！」

我心中了然，妮妮這番話是故意向我通風報信。

法布爾疑心我們會偷襲，所以一路領著他的蠍子大軍而來，由蠍子探路，網狀布防，一有任何異物闖進來，他即時就會察覺。

突然聲音消失了，黑暗中靜悄悄的，就像收音機突然失靈。

我焦心如焚，很擔心計畫失敗，但很快就聽到外面有人大叫：「*Le Petit Prince*！」

這應該是聖修伯里的聲音。

我轉念間，就想通了是甚麼一回事：真狡猾呢！他們察覺我不見了，顧忌我在附近埋伏，便使出《小王子》的「耀目之星」，射出穿透四方八面的強大光線。只要能逼我現身，又或者弄瞎我的眼睛，他們便再無後顧之憂了。

幸好我正躲藏在強光照不到的地方。

我捏了一把冷汗，在心裡嘀咕：「妮妮應該沒事吧？這個法布爾也太小心眼了，竟然還不進攻！我要忍耐，等他叫出了大蜘蛛，我就有機可乘……」

當我正在這麼想著，就聽見法布爾的喊聲：

「*Souvenirs Entomologiques*！」

　　唸出書名，就是召喚書靈的咒語，所以我知道巨大狼蛛終於現身了。

　　既然只有妮妮知道藏書的地點，法布爾很有可能只會活捉她，而不會馬上殺她。在巨大的狼蛛面前，妮妮毫無招架之力，她早就有了最壞的打算，會被狼蛛擒住……她把一切希望都押在我的身上。

　　根據她教我的召喚書靈規則，有這一條：「**雙手只要離開了書，又或者蓋上了書，書靈就會自動消失。**」

　　由此可知，令書靈消失的方法可以有三種：

　　直接幹掉書靈、擊斃召喚者或毀掉原書。

　　對我們來說，第一個方法已不可行，所以只好賭上另外兩種手段。雖然我看不見，但我知道妮妮會先發制人，向著敵人喊出嘹亮的一聲：

　　「*Voyage au centre de la Terre*！」

　　一霎時，法布爾和聖修伯里眼前泥崩土裂，腳前也突然多了一個大坑。但兩人及時後退兩步，又牢牢抓住了樹幹，所以妮妮這個陷阱對他們根本不管用。但如果我是他們，一定不會笑得太早，因為真正的圈套是在陷阱之中。

　　是時候了！

　　這是唯一的機會！

法布爾和聖修伯里背後掠過了一陣風。

他們一定沒想過，我騎著亞斯蘭忽然撲出，從後暗算施襲。獅子的爪非常銳利，可以媲美削鐵如泥的武士刀。亞斯蘭的巨爪往兩人身上掃過，聖修伯里淒厲的叫聲只發出一半，整個人就向前倒下，即時斃命。

法布爾立感不妙，馬上回頭，亦已經太遲了。

他身上也多了三條爪痕，而手上的書也分為兩截。

「怎會這樣的……」

法布爾身上的鮮血源源不絕湧出，看來是活不長了。他蹲了下來，這時才發現，前面有一個深坑，後面也有一個深坑，真正的陷阱是在後面的坑。他的眼球凸出，看著我和亞斯蘭滿身的泥沙，終於弄清楚了是甚麼一回事。

我手上拿著一本書，那就是《納尼亞傳奇》。

要我這種人在短時間內讀完一本書，簡直是難過登天的事，但要我透過一本兒時讀過的書來召喚亞斯蘭，畢竟不是沒有可能辦到的事。

幸好我沒令妮妮失望，真的成功召喚出亞斯蘭。

《地心歷險記》的特殊能力「地底陷阱」，原理就是令硬土在一瞬間化為微粒，換而言之，就是一種「極速挖土」的能力。妮妮經過多番試驗，發現可以在地底挖掘出地

道。既然連地道也挖得出來，要在地面下挖出足夠的藏匿空間也不是問題。

地道由遠處通到這一邊，我和亞斯蘭一直潛伏在地面下，聲音透過鑽穿地面的小孔傳進來。妮妮沿著地道折返，回到地面上，接著她的任務就是設法將法布爾兩人引到適當的位置。

當妮妮唸出咒語，再次發動《地心歷險記》的能力，我頭上的一層硬土便會化成流沙。當我看見這情況，便立刻指揮亞斯蘭躍出，向敵人的位置偷襲。

我們真幸運，坑口一出現，就相當接近法布爾和聖修伯里，輕易一擊得手。

即使獅王亞斯蘭失明，牠的聽覺和嗅覺還是很靈敏，只要雙爪沒廢掉，還是具備直接撲殺敵人的攻擊能力。

這是我第一次和妮妮合作，她的戰術相當奏效，而致勝的關鍵，在於她想得出《地心歷險記》的特別用法。

「原來書是這麼有用的東西……要在這世界生存，看來我以後要多讀書了。」

我順著亞斯蘭的背脊滑到地上，慢慢走回妮妮身邊，鬆了一口氣。

法布爾因為痛苦而面容扭曲，亞斯蘭的銳爪貫穿他的

身體，鐵定是命不久矣。在法布爾垂死之際，他瞪著我和妮妮，最後的眼神不僅沒有恨意，反而飽含了仁慈的目光。接著，他喃喃吐出一句：「MERCI⋯⋯」

我懂得這句法語，就是謝謝的意思。

妮妮忽而沉默不語，雙手交疊在胸口，就像一個虔誠祈禱的姿勢。

我的目光回到前方，看到了一幀不可思議的景象——

法布爾和聖修伯里的遺體化為兩團銀光！

兩團如小銀河般的光點飄向半空，猶如在蒼穹中飄揚的緞帶。

「這些光點就是他們的魂魄。」

兩位偉大的作家魂飛魄散，雖然是死在亞斯蘭的爪下，但責任也是在我這個召喚者身上。要是他們的忠實讀者知道了，來找我的晦氣，我就是死上幾萬次也難辭其咎。

「所以⋯⋯他們是死了嗎？」

我這樣問其實不對，我應該問他們是不是再死一遍？

妮妮低頭沉思，沉默半晌，才回答：

「一個人，只有在不再有人想念他的時候，才會真正死去。」

這番話很有深度。

　　我默默地注視半空中的銀光。死亡在這世界並不血腥，也比較乾淨，但意義還是一樣的，都是生命離開一個世界的過程和結局。

　　「他們……他們的靈魂會去甚麼地方？」

　　「我們活在地面的時候，也不知道靈魂死後會往哪裡去……又何況是現在呢？也許，又是另一個我們無法想像的世界吧！」

　　妮妮滿懷感慨地說：

　　「我自小就覺得，作家都是異於常人的超人，要不然，他們怎可以單憑最簡單的文字，就創造出一個又一個美麗的心靈世界？」

　　這番話很有道理，用文字來震撼別人並不是容易辦到的事。

　　所謂精神食糧，就是透過閱讀來令自己的心靈得以飽足，超乎文字的單純意義，超越感官上的刺激，這是愛書人才能體會的力量。

　　書本是作家的靈魂。

　　後來我才知道這裡的靈學家已有了定論：「我思故我在，所以思想等於靈魂。」很多人都會形容作品是作家的「嬰兒」，但更貼切的說法是「文字是作者靈魂的一部

分」。所以作品會隨著作家的靈魂來到這世界，以書的形態呈現，變成了書靈。

作家的靈魂經過年月淨化之後，又會在異域中重生。表面上，我們擊斃了法布爾等作家，實際上我們是拯救了他們，使他們不再受到浮士德的操縱。

只有偉大的靈魂才閃耀出那種美麗的光芒。

他們死了，但偉大的作品留了下來。

看著晶瑩剔透的銀點在半空中飛舞，我心中竟然有股難以言喻的感動。

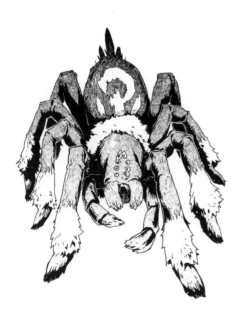

Chapter 4

茶花女

La dame aux Camélias

茶花女

La dame aux Camélias

1

「地下世界也有太陽和月亮嗎?」

我向妮妮提出了疑問。

眾所周知,地球繞著太陽自轉,所以才會有晝與夜的現象,這是連小學生都懂得的常識。我心目中的地下世界理應是漆黑一片,不會看得見任何發光的星體。可是,在地下世界經歷了一晝一夜,我發覺天色會有變化,這種現象既不可思議,又不合常理。

妮妮竟然回答,有一個叫希里歐斯〔Helios〕的太陽神,他每天都會乘坐四馬金車橫過天空,拖著太陽從東邊到西邊,晨出晚沒,所以地下世界才有光明。如果到高山上看日出,夠幸運的話,就可以看見希里歐斯的黃金馬車。

「瞎掰！太陽不是一個星體嗎？」

「地面世界有一套科學，這裡也有一套科學。你有這種根深柢固的思想，所以你看不見太陽。世上的一切都有三個事實——你的，我的，真實的，而三個都沒錯。」

妮妮舉例說明，「椅子」這個物件，單憑字眼，在我腦中有我的聯想，在她腦中也會浮現出別的形象，但椅子始終是椅子，定義是不變的。我們自小經過學習，才認識了萬物，腦中才有了「椅子」的概念。

是生命創造宇宙，而不是宇宙創造生命，人的意識決定宇宙萬物的形狀和形態。我們透過靈魂的眼睛看見的東西，都是事物的意象和本質，和用肉眼所見會有所不同。

「這是一個靈魂世界，也是一個幻想的世界。而這個世界，建構在人類的集體潛意識之上。」

「集體潛意識？」

「卡爾・榮格是誰，你知道嗎？」

「不知道呢……他是新出道的明星嗎？我最近很少看電視。哈哈……」

妮妮輕聲歎氣，又擺出一副瞧不起我的表情。

太可惡了！她提出這種問題，分明就是要炫耀自己的學識！

「榮格教授是現代心理學的奠基者之一，創立了分析心理學。他提出『集體潛意識』的理論。他主張，在人的潛意識裡，有一個全人類共通的內心世界。在每個人的靈魂，都累積著幾千年、甚至幾萬年來人類祖先的經驗。」

二十四個小時為一整天、一年有四季、冰遇到火會融化、崇拜太陽、害怕黑暗……這些事實都是根深柢固的觀念，深深在我們的思想中紮根。不論是西方人還是東方人，他們的宗教、夢境、幻想及神話等文學中都有原始的意象，這種意象就是「原型」。由於眾人有共同的世界觀和共通的感情，所以靈魂與靈魂之間才能溝通。

我來到這個世界，有了一連串驚心動魄而怪誕的遭遇，甚至接受這種連瘋子也難以置信的世界觀，本人實在很佩服自己的適應力。

地底與地面並不是完全隔絕的兩個世界，正如快餐店的薯條也有長短之分，兩個世界之間總有一些相當接近的相交點。那些相交點就是超乎科學所能解釋的「靈魂隧道」，亦即是往來兩個世界穿梭的通道。

而我之前打算到訪的那一間圖書館，裡面就有其中一條直達地底法國的通道，名為「子午線之穴」。尋常的建築物正是隱藏驚世大秘密的好地方，反而闖入貌似鬼屋的地方

往往令人失望而回……經歷過黑暗時期的歐洲是一片充滿神秘感的大陸，假如我是外星人也會選擇在歐洲定居吧！

當妮妮把地下世界的地圖展示給我看，我忍不住發出「哇」的一聲。

地下世界是地面世界的鏡像縮小版，因為大多數人相信地球是平的，所以大西洋的彼端會有世界的盡頭。七大洲的板塊略有不同，譬如地下世界會有傳說中的亞特蘭提斯。非洲和南美洲畫滿可怕的野獸，南極則是包覆著世界外圍的冰牆，而歐洲和北美洲並不相通，中間隔著海洋的斷崖。

國家與民族的概念，在地下世界依然固存，生前安葬在哪一片土壤，死後靈魂沿地面沉達地底，就會繼續成為那一片國土上的公民。

「你在文學方面的涵養是零，我看你沒察覺到我們遇上的三個敵人都是法國作家吧？這裡就是『地下法國』，西方浪漫主義時期誕生了無數偉大的法國作家，現在他們都是阻撓我們前進的大敵。」

妮妮始終是妮妮，始終用「狗眼看人低」的態度來看我，無奈我真的不爭氣，除了對《小王子》的作者有點印象之外，法布爾和雨果的大名我真的孤陋寡聞……

「坦白說，我們能打敗三個作家，真的非常幸運。法

布爾和聖修伯里先生太過輕敵，沒叫援兵，加上雨果先生一時疏忽，才糊裡糊塗的栽在我們手上。」

全靠我的奇襲才能脫險，妮妮不僅毫無感激之情，還開始勞役我，強逼我去做一些她不想做的苦差⋯⋯法布爾和聖修伯里一死，她就命令我過去檢查他們的遺物。

不久之前，那邊站著兩個大作家，現在就只剩下一堆衣物。這裡的「人」已是靈魂，再死只會化成星塵一般的物質，幸好如此，否則要在一堆血淋淋的屍骸旁邊拾寶，實在是一件噁心的事⋯⋯

《小王子》散落在地，完好無缺。我撿起了書，心想這裡的生存法則真有趣，只要消滅了敵人，就能將他的書據為己有，當成戰利品。

我正想彎身撿起那本裂成三截的《昆蟲記》，妮妮卻在老遠大聲叫喚：「不用啦！爛了的書只是垃圾。」

接下來，我倆在洞穴裡呆坐聊天，打算等滿二十四個小時，好讓亞斯蘭恢復元氣，然後就由牠來揹著我倆奔跑⋯⋯用RPG的術語來說，牠是非常理想的「移動工具」。

妮妮拿著我撿回去的《小王子》，滿心歡喜。她一翻開書，就沉迷在書中的世界，對我不理不睬的，要不是她耐不住煩，根本就懶得回答我的問題。聊了一些關於世界觀的

事，我終於把話題轉到她的身上。

「他們為甚麼罵妳是叛國賊？」

妮妮瞧著我誠懇的眼神，才願意回答：

「我說過，浮士德的野心是征服世界……你記得嗎？」

「記得。」

「法國已經淪陷了。浮士德是個獨裁主義者，他建立了史無前例的封建王朝，在世界各國實行分封制……而法國這片領土的管治權，就分封給一個叫大仲馬的作家。」

「大仲馬？」

「拜託！你多讀點書吧！我覺得和你說話好累。」

原來，大仲馬在法國是無人不曉的大文豪，一生的作品接近三百部，當中包括小說和劇作，在那個沒有文書軟件和鍵盤的時代，簡直只有神級的創作人才能做出這樣的壯舉。大仲馬手上最強的書是《三個火槍手》，可以召喚出攻擊力異常強大的書靈，其級數遠遠在亞斯蘭之上。

妮妮百感交集，繼續說：

「現在的法國名存實亡，大仲馬只是個傀儡王。單憑個人的力量，根本不可能推翻浮士德的霸權，所以我需要借助英國的力量……這可能是一場很長久的戰爭，我們都已有心理準備。我這次的任務是把五環書送到英國。」

自古以來，在地底與地面之間，有一群擔當使者的角色，他們就是「靈魂穿越者」，可以穿越死亡的壁壘。

萬載千秋，血統相傳，妮妮身為家族的一員，自然也繼承了這個天職。

她轉校到我的學校，在同一區調查了很久，才找到「黃・五環書」的藏書地點。

那一天在大學圖書館偷書之後，妮妮原來是借故支開我，不辭而別，使用假護照，帶著五環書回到法國。在那個法國小鎮，她差不多就要起程到地下世界，聽到外面發出爆炸聲，到街上看一看，就發現了我。

我聽了真相之後，有點傷心，不論她説得多麼好聽，她由始至終都是在利用我……她壓根兒就沒想過，我這傻小子居然千里迢迢來找她……

有一個疑問在我腦裡盤桓不去，我終於鼓起勇氣，向妮妮問個明白：

「這裡是靈魂的世界，我現在是靈魂狀態……那麼，現在，我的肉體在哪裡？」

「唔……」

妮妮平時伶牙俐齒，居然在這時候支支吾吾，面有難色，緘默的時間達十秒之久……

　　難道説她有甚麼難言之隱，又抑或有甚麼不可告人的秘密？

<h1 style="text-align:center">2</h1>

　　我只記得在昏迷前受過重傷，這時在自己身上摸來摸去，除了屁股有點癢之外，全身便再無異樣。

　　妮妮怔怔地看著我，隔了半晌，才肯吐露：

　　「你是説你遭遇車禍的事？你的身體並無大礙，但在精神上受到嚴重創傷⋯⋯亞斯蘭的口水有療傷的功效，我要替你療傷，所以就將你帶來這個世界。」

　　這個理由太過牽強，我將信將疑，再度質疑：「是真的嗎？」

　　妮妮想了一想，便轉身向我説：

　　「你看看，我背上的傷口好了沒？」

　　「隔著衣服，我看不見。」

　　「你就不會解開我背後的鈕扣嗎？」

　　法國女人都是這麼大方的嗎⋯⋯我本來不想冒犯一個淑女，但她催促我快一點，我就只好照做不誤，解開她裙子後面的鈕扣⋯⋯真的如她所説，整個背部的肌膚柔滑潔白，

沒有任何顯著的傷疤。我覺得很奇妙，手賤在她背上撫摸了兩下，結果挨了一巴掌……

亞斯蘭的口水有療傷之效？牠真是多功能呢！我勉強接受了妮妮的說法，突然覺得不對勁，又追問下去：

「但是……妳還是沒有解釋，我的肉體現在怎麼了？」

「你真的想知道真相？」

我很堅定地點了點頭。

妮妮一對眼珠兒溜了一溜，不懷好意笑了一笑，就有了鬼主意。

「知道真相是要付出代價的。這樣好了，接下來我們還有一段日子要共處，只要你一直乖乖聽我的，等我完成了這次的任務，我就會告訴你真相。本來我自己一個可以好好行動，現在要帶著你，真是倒霉啊！」

哪有這樣的？她說到最要緊的部分，就忽然停住了？這是哪門子製造懸念的手法？豈有此理！她最好下地獄！

「我要睡覺了。」

妮妮一說完，就真的不理我，在坑洞裡倒頭大睡。我氣鼓鼓地看著她，但很快就感到眼皮沉重，然後一躺下就睡著了。

靈魂需要休眠，來補充耗支過度的精神力。

明明是靈魂，竟然還會受傷，還會覺得疲累，這種描述真奇怪。妮妮說過，人類會憑藉生前接收過的知識來觀察世界，比方說我們一看見有人睡覺，就會覺得「他在回復體力」，而這種感知在這個世界就會形象化，即是柏拉圖論述的「看透本質的理念世界」……這太深奧了，只能說是超越人類常識的靈魂學領域。

我做人時是妮妮欺負的對象，當我來到這裡之後也淪為奴僕一般的角色……睡飽之後，就要起程，由我來揹著那個沉重得令人脊椎移位的大背包。我睜眼望著兩手空空、身輕如燕的妮妮，暗暗叫苦，無奈敢怒不敢言。

走了一會，妮妮拿出懷錶，心想時間夠了，就將亞斯蘭召喚出來。

燦爛的金光聚結成獅身。

亞斯蘭雙眼神采飛揚，看來是痊癒了，我也替牠感到高興。

更加高興的是我們不用再走路，由牠揹著我倆奔跑。

離開茂林，眼前是紅天綠坡，樹蔭透著火炬似的光，一切都是紅彤彤的。憂鬱的感覺一洗而空，我就只知道貪玩，騎在獅子背上，追著風兒跑，穿越一道又一道異界風光，這感覺實在太有趣了！即使是到非洲旅行，我也不可能

有這樣的體驗吧？

　　地下世界遠比我誕生的時代落後，沒有電腦，沒有飛機。電腦在1940年代誕生，萊特兄弟在1903年試飛成功，很多改變人類生活的現代發明，都是在上一世紀才出現。在汽車尚未普及的年代，人人皆以馬車代步。電力供應的範圍有限，住在農村和鄉下的人，都要點蠟燭和點路燈，過的是後代人難以想像的生活。

　　不知道為甚麼，我所在的世界很歡迎作家和愛書人。另外，喜歡藝術和有文化素養的人都會進來。這種人在地上只佔少數，所以這世界暫時未有人口暴增的問題。

　　這裡的人已死過一遍，所以我稱呼他們為「人魂」。

　　在地下世界生活有個好處，就是因為已脫離肉體，靈魂不需要吃喝，也不用拉撒，省卻了很多做人的麻煩。

　　但我不禁又想，沒法品嚐美食，豈不是少了很多人生樂趣？

　　「書，就是最好的精神食糧。」

　　我就知道妮妮會這樣回答。

　　「每個人的家裡，還有馬桶這東西嗎？」

　　「基本上不需要。但有些人有怪癖，喜歡在廁所裡讀書，所以還是會有專門賣馬桶的店。」

妮妮將指南針掛在頸上，指南針晃來晃去，有時晃過了脖子，就會砸中我的額角，害我哇哇大叫，妮妮只是賠笑不賠罪。

「我們要去哪裡？」

「本來英國派了特種部隊來接我，但很可惜他們失敗了。我只好靠自己，執行後備計畫，直接前往和英軍會合的地點。」

我們要去的地方不是巴黎，而是遠離巴黎的地方。為了逃避追兵和掩人耳目，妮妮專挑人跡罕至的小路，走走歇歇，過了大約兩個小時，終於看到了稀稀落落的民居。

妮妮說我的衣著不符合大眾目光，會引起別人的注目，所以她拿了民家晾曬的衣服……嗯，就是偷的……叫我換上。

人魂來到這世界的時候，會記著瞑目前的衣著，還好是這樣……要是妮妮看過我的裸體，我就無地自容了。

前方就是小鎮，妮妮說要到鎮裡辦點事。

來到一座石拱橋，妮妮收起了書，和我徒步過橋，再走一會，就到了古鎮的入口。

現在仍是上午，街上往來的人流不多。

這裡的人都穿著復古雅緻的衣服，男女都戴帽子，但

窮家婦女戴的是布帽，貴婦戴的是誇張的塔型垂紗帽⋯⋯眼前彷彿是歷史劇的布景，還有馬車經過，令我有時空錯亂的感覺。

滿街都是法語招牌，沿著鵝卵石鋪築的小路，轉眼就走到商店林立的大街。一盞街燈，一扇窗框，一根石柱，都有考究的雕刻，都堪稱是藝術品，由此可見這世界的人真的有太多無聊悠閒的時間。

其中一間商店外面種滿了花，有紅有白，我後來才知道那是茶花。

妮妮推開了商店的門。

我跟著她進去之前，瞧見了「Marguerite Gautier」這個店名。當我看見店裡的裝潢，就知道是高級時裝店。

店內的天花板吊著華麗的水晶燈，布置以深棕色的木材為主，牆上掛著橢圓形的古典鏡子。右側由門口到內是一條長櫃檯，只有兩個店員，都穿著燕尾服。他們身後的木櫃覆蓋整面牆，放滿了布疋和綢緞，一層層，一格格，布料縱橫交集，色彩繽紛耀目。

這家店不算小，居然沒有掛滿新衣的陳列架，與我印象中的時裝店很不同。在店裡最顯眼的展示架上，竟然都是一個個小玩偶。我暗暗納罕：「這是賣衣服的店，還是賣玩

偶的店？」

可是那些玩偶都穿著不同的華服，如同時裝模特兒，非常時髦，裙子蓬蓬的，連袖子都縫上了緞帶和寶石袖扣，做工考究得令人驚歎。

「這些玩偶身上的衣服都是樣品，客人從中挑選自己喜歡的款式，然後量身訂造。」

妮妮小聲說話，解開我的疑惑。

我很快發現，有幾個展示內衣的時尚玩偶……所有玩偶都是蠟造的，都有薔薇色的臉頰，膚色肖似真人。雖然我不是專家，但只看質料和一絲不苟的織工，就知道這種內衣是奢侈品。

這家店真有趣。但為甚麼妮妮要來這裡呢？不是要趕路的嗎？她幹嘛還有心情買衣服？雖然愛美是女人的天性，但妮妮這番舉動真的令我大惑不解。

店長是個留著鬍子的老伯伯，他一過來，妮妮就指著其中一個玩偶，說要訂造新衣。妮妮與我對望了一眼，她的眼神好像蘊含特別的意思，但我一時之間無法領會。

「小姐，請妳過來這邊，我幫妳量身。」

妮妮丟下我一個，跟著老店長往裡面走，繞到隔間壁的後方。

然後等了很久，她都沒有出來。

陪女生買衣服簡直是噩夢，但我知道這是男生不可逃避的煎熬。

可是，我的煎熬不僅來自等待，也來自一種異樣的感覺⋯⋯

我覺得這家店有古怪，妮妮也有古怪。

再等一會，那老店長終於出來了，慢慢走近我身邊，轉傳妮妮的口信：

「你的朋友叫你進去。」

我搔了搔頭，糊裡糊塗，依照老店長的指示，來到隔間壁的後方。

裡頭有三間試穿室，一條路直通到底。

前兩間試穿室的布簾沒拉上，我瞧見都是空的，所以妮妮一定在最後一間。

老店長掀開布簾的一角，叫我走進試穿室。

假如我看見妮妮換上了新裝，又或者看見她一絲不掛，我也不會感到太過震驚。可是，接下來發生的事，真的嚇了我一跳。

這間試穿室也是空的，一個人也沒有！

3

發生了甚麼事？

我的第一個想法，當然是覺得那老店長在愚弄我，暗罵：「這是甚麼黑店啊！」但轉念就想到，妮妮一定不會無緣無故進來這間店，她這樣做一定有她的理由。

試穿室空無一人，這樣的事當然嚇不倒我，真正嚇了我一跳的原因，是那隻忽然由全身鏡旁邊伸出來的小手。

那隻手在向我招手。

「你愣住幹嘛？快進來啊。」

鏡子竟是一道暗門，當妮妮掀開鏡面露臉，我才知道鏡後有秘道，直通到地下室。

妮妮等我進去，由裡面關上了鏡門之後，笑瞇瞇地說：「你剛剛受驚的樣子真好笑呢！」

我在鼻子裡噴出「哼」的一聲，便問：「這家到底是甚麼怪店？竟然會有這樣的通道。」

「Marguerite Gautier是地下法國很有名的連鎖時裝店，創辦人仲馬夫人很支持革命黨的行動，所以你也看到了，這間分店有秘密興建的地下室。當我向店長說出通關密語，他才讓我進來。」

「仲馬夫人？」

我記得管治地下法國的大壞蛋，他的姓氏就是「仲馬」。妮妮摸著牆走下樓梯，邊走邊説：「仲馬夫人的老公是小仲馬，小仲馬是大仲馬的兒子。仲馬兩父子都是法國文學史上很有名氣的作家。」

樓梯下的光源來自地下室，牆的兩側共有四盞掛燈，我以為是油燈，卻發現燈罩裡有電燈泡。

地下室的一角有張奇怪的長檯，檯上擺著幾個方盤，架上有幾瓶化學液體，又有水管和水龍頭，有點像學校實驗室裡的工作桌。

另一邊的牆角置放雜物，亂七八糟的，只有一樣東西令我的目光久留，那就是一幀很大的畫像，金漆畫框，畫中的美女有張玲瓏迷人的臉。

「Marie……Duplessis……」

我嘗試唸出寫在右下角的簽名。

油畫中的女人栩栩如生，她有一頭烏黑的長髮，臉蛋白裡透紅，雖然只是一幀畫，一雙又黑又亮的眼睛彷彿會説話，有勾魂奪魄的魔力。我看得入神，擔心妮妮會以為我是個色迷迷的色狼，故意挪開了目光，但妮妮卻來到我身旁，談起畫中的女人。

「她就是仲馬夫人，瑪麗‧杜普萊西。她是我見過最美的女人，又優雅又風趣……小仲馬最著名的作品《茶花女》，就是以她為女主角的原型。」

「茶花女？她是賣茶花的嗎？」

「你不知道，就別要胡說……她前生的職業是上流社會的交際花。你這麼聰明，一定明白是甚麼意思。她來到這裡之後，完全擺脫過去的生活，展開嶄新的人生。她和小仲馬的愛情故事舉世皆知，向世人證明了偉大的愛情。」

想不到妮妮也會讀愛情小說……在她冰冷的外表下，竟然藏著少女情懷？

我忽然又想到，小仲馬是大仲馬的兒子，瑪麗‧杜普萊西是小仲馬的妻子，而仲馬夫人很支持革命黨……這樣的關係豈不是很衝突？

腳步聲沿著階級接近，鞋子恰似踩在琴鍵上，一級一級往下，聲音愈來愈低沉。

來者是個滿臉雀斑的年輕男子，身材頎長，手裡提著一個皮箱。他就是妮妮正在等待的人吧？那男人放下皮箱，和妮妮互吻臉頰，我還未習慣法國人的社交禮節，看了這一幕覺得很驚訝。

「馬斯先生，他是我的朋友。」

　　當妮妮介紹完畢，這個叫馬斯的大哥就和我握手，然後湊臉過來……原來法國人的見面吻禮，只是隔空發出「噗」的聲音，我不明規矩，差點就吻下去了。

　　馬斯穿著斯文的襯衫和西裝背心，衣上有股木炭般的古龍水味。他一瞥見仲馬夫人的油畫，禁不住發出感歎：「杜普萊西女士，她是個多麼可敬的女人！她的靈魂是多麼的高潔。這幅畫本來是掛在店內的……可惜，紅顏薄命，她一逝世，那些卑鄙無情的股東就和她劃清界線。只剩下一些舊下屬，繼承她的遺志，暗中支持我們革命黨的行動。」

　　我忍不住問：「她是怎麼死的？」

　　剎那間，馬斯用很詫異的表情看著我，妮妮立刻幫忙開脫：「他是新來的，又不是法國人，所以對這裡發生的事一無所知。」

　　不像妮妮，馬斯很友善，向我解釋這裡發生的事。事件的起因是大仲馬賣國求榮，歸順浮士德，受封為法國的總督，成為專制統治者的幫凶。只要提到政府和大仲馬，馬斯就變得滿腔疾憤。他大罵大仲馬貪戀美色，愛好奢樂，不顧後果地徵收重稅，民怨終於沸騰到一個爆發點。

　　馬斯忽然拿出一本書，向妮妮說：「我這次過來，也是為了帶盧梭的《懺悔錄》給妳。妳知道它的用法吧？」

妮妮回答：「它的特殊能力是重現自己打敗過的敵人的記憶，大前提是對方已經逝世，才可以揭開他的私隱。」

馬斯道：「我是記者，杜普萊西女士故意賭牌輸給我，這樣也算是達到『打敗』的要求。現在，我就讓妳看看當時發生的事。*Les Confessions*！」一唸完召喚的咒語，書頁之間即時冒出一道強光，浮現半透明的迷你劇場。

虛幻的劇場上出現一片廣場，還有一座豪華的宮殿。

「那是個血紅色的下午，幾千個不畏死的年輕人衝破崗哨，聚集在凡爾賽宮的廣場上。」

縱使地下世界和地面有著不一樣的歷史，死後的人懷念生前的一切，也構建了種種代表自己國家的建築，當中少不了法國人的凡爾賽宮。1787年，路易十六在宮內舉行三級會議，建議加稅和限制言論自由，間接引爆法國大革命。

大仲馬狂妄自大，竟然以凡爾賽宮作為自己的行宮。

在虛幻劇場的舞台上，幾千個年輕人一同吶喊，想推翻大仲馬的政權，巨大聲浪震得廣場四周要塌下來似的。

宮庭衛兵多番驅逐，甚至爆發流血衝突。

沉重的金漆大門慢慢掀開。大仲馬由宮中一步步走出來。這個大胖子冠冕堂皇，態度囂張，嘴邊銜著一枝長煙斗，身上裹著一件寶藍色的大繡袍，整件袍長得像一張棉

被，要由兩名亦步亦趨的侍女挽著袍尾。

「他以為自己就是國王！誰也想不到他真的會用《三個火槍手》，來對付那些年輕人。在廣場上，大家開始驚慌了。杜普萊西女士勇敢地挺身而出，擋在最前線。大仲馬這個喪心病狂的惡魔，竟然麻木不仁，開始清場屠殺！廣場上的人都死光光了⋯⋯唉，革命失敗了，革命黨人四處流亡，法國人都不敢再站出來反抗大仲馬。」

我感到吃驚，向馬斯問：

「幾千個年輕人，都打不過一個大仲馬？」

「他的書靈太強大了，壓倒性的強大，任何人都擋不住。唉，一個人擁有太大的力量，對國家來說是一場災難。」

馬斯重提舊聞，神色憂傷，用手擦拭畫框上的灰塵。

香消玉殞，我承認我有偏見，因為死的是一個美女，所以覺得特別惋惜。我想起了一個人，便問：「小仲馬呢？他有跟他爸爸翻臉嗎？」

馬斯勃然大怒，咬牙切齒地說：

「小仲馬這個負心漢，背叛了他的愛人！他是個奸細！在革命當天，他沒在廣場上出現！現在世人皆知，他與自己的父親私通，出賣了所有夥伴。」

我和妮妮看著馬斯這副怒容，也不敢多說話。

這樣說來，在愛情和權力之間，小仲馬選擇了後者。

馬斯微微彎腰，提起了皮箱，放了在圓桌上。他的目光炯炯有神，滿懷熱情地說：「這個皮箱裡，有我們拯救法國的希望！」

妮妮問：「東西帶來了嗎？」

馬斯笑了笑，赫然嚴肅起來，壓低了聲音：「事不宜遲。現在，我們可以開始進行『黑暗儀式』。」

4

我肯定沒聽錯，馬斯說的是「黑暗儀式」。

中世紀的歐洲大陸有巫婆，她們都會施巫術，想不到地下法國也流行這一套。

馬斯逕自走近牆角那張奇怪的長檯，檢查了那些方盤和化學液體。當他回來這一邊的時候，也端來了一個小紙盒，盒裡有四個紅色的燈泡。

他不用解釋，妮妮就知道怎麼做，一個負責更換燈泡，一個負責按牆上的開關。

在地下室，白熾的燈光熄滅之後，室內只剩一片迷幻的紅光。我看見的一切，都像隔著一層紅色的濾鏡。

馬斯從皮箱裡取出一台照相機，紅木機盒，外包皮革，款式非常老舊，簡直是一件古董。

妮妮瞧見我一臉無知的模樣，便忍不住說：「以前的相機都是用菲林底片的，要經過比較複雜的處理，才能洗出照片。」

我也略有所聞，在數碼相機發明之前，照相機都是用底片的。底片數目有限，而且不便宜，攝影師都要珍惜每次按下快門的機會。

馬斯口中的黑暗儀式，就是在暗房裡洗照片的程序。我充滿好奇心，看著馬斯由相機內匣取出捲軸，又看著他用一個工具抽出底片，捲到另一個溜溜球似的片軸上。

「底片是感光材料，不小心曝光，就會毀了拍攝在底片上的影像。」

室內的紅光就是暗房專用的照明光，在一片紅光之中，我靜靜看著馬斯按照步驟，開始用量杯調配化學液體。他將溫度計置入液體裡，旁邊放著一個計時器，每一步都小心謹慎，就好像在做重要的科學實驗。

「這是顯影液，可以令底片上的影像顯現。我這邊另一種氣味很重的液體，它的作用就是停止顯影。之後就是定影，加工穩定影像，這樣底片才可以長期保存……其實一

點也不難，我們這些會拍照的人，都懂洗照片。」

馬斯很友善，一面做事，一面講解。

顯影、急制、定影、水洗……最後是將底片吊起來，等待烘乾。

完工之後，就可以重啟白燈，房間霎時一亮。

在等待這段期間，馬斯毫無隱瞞，披露自己的身分。原來他的正職是記者，暗地裡卻在從事間諜活動。

在去年採訪完「凡爾賽宮革命」之後，他就加入了革命黨的陣營。如果法國政府查出他的身分，刑罰一定是立刻處死的顛覆國家罪。

馬斯向著妮妮，悲切地說：

「英國派來迎接妳的隊伍……已經全軍覆沒。我一接獲這個消息，就趕來這間密室，等待妳出現。這些日子，我的心情都很焦急。這間店的店員都是杜普萊西女士忠心的下屬，他們幫了我很大的忙。」

妮妮的面色沉重，回答：

「這麼糟糕的事真的發生了，幸好我們早有預防……謝謝你，將我需要的密令帶來給我。」

我這時想起來了，妮妮可不是來玩的，而是有重任在身，要將五環書送到英國。

　　滴滴答答，密室裡除了秒針聲，就剩下馬斯和妮妮聊天的話聲。

　　我知道了不少地下法國的事，浮士德下令搜刮五環書，鬧得滿城風雨，現在妮妮是全國的頭號通緝犯，法國警察和軍人全部出動。大仲馬已向所有港口下傳封鎖令，在抓到她之前，全國船隻不得離岸。我愈聽，就愈覺得妮妮的身分不簡單。

　　計時器的秒針倒數完畢，馬斯就過去牆邊，取下繩子上的底片。他只剪下其中一截，接著將那截底片置入旁邊一座儀器。

　　「這是放大機，作用是製作出大尺寸的照片。」

　　馬斯操作的手法很熟練，不一會，奇妙的事就發生了，圖像真的在那張很大的相紙上浮現，原來一張照片就是這樣誕生的。

　　到這一刻，我冒出一個想法——隱藏在這張照片上的信息，就是馬斯帶給妮妮的密令。

　　這是高超的間諜手法！如果馬斯受到拘捕，他只要令底片曝光，便可以立即毀掉密令。而且一個記者帶著照相機，也不會怎麼令人懷疑。

　　馬斯洗出來的照片，看似一張空白的照片。

照片上有一個奇怪的符號：

我亦注意到照片的邊緣有十字線和角線。

就在此時，妮妮拿出地圖，在房間中央的大圓桌上攤開。馬斯由左上角至右下角，像剝皮一樣掀開照片的表膜，撕出了薄薄的一層。這一層紙和描圖紙一樣，可以透光，重疊在妮妮的地圖上，尺寸剛好吻合。

哦！我終於看出了眉目。

馬斯高舉地圖，向著燈光，對準了十字線和角線。燈光穿透地圖和薄紙，薄紙上那個奇怪符號的黑點，正好疊住後層地圖上的一個地點。馬斯將地圖放回圓桌上，用鋼筆圈住了相同的位置，那是一個海岸線上的地名。

他目光如炬，向著妮妮說：

「我們法國人民的希望，都在妳的身上！」

妮妮沒有透露太多，只是告訴我，地圖上標示的地方就是和英軍的會合點。

我看著妮妮低頭沉思，過了一會，她就用手指壓住地圖的一點，喃喃細語：「這是我們現在的位置。馬斯，請你看看我規畫的路線，看看行不行得通……」

　　馬斯和我全神貫注，目光一寸寸地跟著妮妮的手指移動。地圖上密密麻麻的小字，我看了就頭痛，那些紅線和綠線千絲萬縷，複雜得好像人體的動靜脈圖。

　　妮妮的指尖停在某個位置，那一點上有個城堡的圖標。

　　「我想經過這個地方。時間上應該可行的。」

　　聽到她這麼說，馬斯的反應很大，露出吃驚和困惑的表情。

　　他嗽一嗽喉嚨，才囁囁嚅嚅地問：

　　「妳……妳要去那裡幹甚麼？」

　　「我要見一個人。」

　　這個答案很令人意外，而在我這旁觀者的眼中，由這邊出發，沿途會順路經過那個有城堡圖標的地點，看起來並無甚麼不妥。

　　馬斯有所顧慮，態度猶豫不決。

　　「妳真的要去？這個城堡的傳聞，妳有聽說過嗎？」

　　「惡靈古堡。」

　　妮妮吐出這個名稱，又繼續說：

　　「由一年前開始，關於這個城堡的怪聞不斷傳出。有小朋友在城堡裡玩捉迷藏，結果失蹤了。晚上，城堡裡會有人在踢足球，那顆足球竟然是個人頭……由於恐怖的流言太

多，軍方已經把這個城堡封鎖。」

馬斯張開雙手，茫然不解地問：

「這地方是人人皆知的禁地。既然妳也知道，為甚麼還要冒這個險？」

妮妮沒正面回答，卻反問：

「人人皆知……那我問你，惡靈古堡的事，人人從哪裡聽來的？」

「因為有一陣子，報章經常報道。」

「全國的新聞媒體是誰控制的？就是大仲馬的政府啊！他要在民眾的心裡製造恐懼，遠離這個古堡。如果我猜得沒錯，大仲馬這樣做，就是要掩藏重大的秘密。」

妮妮指著地圖上那一點，跳過解釋，直接說出結論。

馬斯靜思了半晌，終於贊同：

「妳說得有道理。每個人都知道的事情，未必就是真相……有勇氣探究真相的人，才能得到意料之外的收穫。妳冒險去見一個人，這個人一定很重要。他到底是誰？」

妮妮目光溜了一溜，竟然有難言之隱。

「很抱歉。我不能說。如果讓你知道我要見的人，你一定會反對。」

5

亞斯蘭載著我和妮妮，在一望無際的草原上馳騁。

獅子的足跡沿著妮妮畫在地圖上的路線前進。

妮妮説，法國境內的城堡多得誇張，地下法國也是一樣。我們要去的「惡靈古堡」，距離我們離開的城鎮不遠，亞斯蘭全速奔跑的話，估計一天之內可以抵達。告別了馬斯之後，我們立刻趕路，一刻也沒有延誤。

我希望可以從妮妮的口裡，套出她不願對馬斯説的秘密，便問：

「妳約了甚麼人，在城堡裡見面？」

「我沒約人啊。」

「妳不是説要見一個人嗎？」

「我要見一個人，但他不認識我，他也不知道我要見他……我也不確定這個人在不在那裡……一切都不確定，我也不想多説。」

她到底在説甚麼啊？照我理解，她要去一個有危險的地方，見一個不知道在不在的人，而我在這世界無依無靠，即使上刀山下油鍋，我也要跟著她去。

傍晚的時候，我們來到一片平坦的草地。

遠處矗立一幢高聳峭拔的建築物，灰褐色的外牆，一塊塊石磚砌成的高塔……

這是我只曾在童話書裡看過的城堡！

印象中的城堡是一整幢的，但眼前的古堡佔地廣闊，恰似一大片用石牆團團圍住的莊園。

西方的城堡都由塔樓組成，最高的是主塔，雖無護城河，但圍牆嚴密堵繞，在堡外根本看不見堡內的事物。三三兩兩的塔樓頂向上突出，有的像圓塔，有的像尖頂風帽，像豎琴的弦線般整齊並排，微風吹過鏤空的窗格，彷彿吹奏出一首古老的旋律。

這麼宏偉的城堡，如果開放參觀，可以收取很高的門票費。

我們現在要潛入城堡。

城堡位於山崗平地之上，我們穿過一片梧桐林，繞道來到側面的圍牆。

妮妮蓋上書，收起亞斯蘭，換上《地心歷險記》。《地心歷險記》是非常有用的書，可以在地面下挖地道，輕易穿過不少門禁森嚴的防衛網。有了這本書，我們以後都可以不用買票，偷偷進入任何一所遊樂園……假如地下世界有遊樂園的話。

「*Voyage au centre de la Terre*！」

在地道裡，妮妮只要對觸摸的牆壁唸咒，眼前的硬土都會融化瓦解，而我負責提著手電筒。

我翻過妮妮的大背包，有幾個特別縫製的內袋，當然是用來放書的，主要收納作戰中最常用到的書。至於袋底呀側袋呀，就放滿一堆野外求生用品，也有衣物和帳篷，還有文件和古卷，難怪會那麼重⋯⋯

妮妮打開皮製文件夾，取出了城堡的平面圖。

看來她早有計畫，不然怎會準備了這樣的東西？

在漆黑的地道中走了大約五分鐘，妮妮覺得差不多了，便挖出斜斜向上的路。她像土撥鼠一樣，先探頭出去摸清位置，又再回到地下，然後向我報告：「有兩個守衛看到我了。」

我吃了一驚，低聲嘟噥：「那怎麼辦？」

妮妮吩咐：「快閉眼，我要出招啦。」

話一說完，妮妮換過另一本書，我大概猜到接下來要發生甚麼事，便立刻緊緊閉著眼睛。

一陣強光由地底冒出——

《小王子》的「耀目之星」！

妮妮使頭頂上的泥土鬆開之後，我跟著她爬上地面，

只見那兩個守衛腳步輕浮，受不住強光的直射而暈眩。

金光一閃，妮妮借助獅王亞斯蘭的力量，猛臂一甩就將他們揮向牆壁，兩人即時昏倒過去，非常乾淨俐落……我這個旁觀者忽然感到很心寒。

妮妮是愛書人，熟讀不少名著，就算是剛拿到手的新書，只要給她研讀一會，輕而易舉就能召喚出書靈。她在旅途上已試過《小王子》的威力，雖然功力未夠，發不出致盲的超級強光，但只要敵人來不及閉眼，他們就會暫時失明或者暈眩。

地上橫躺著兩個守衛，妮妮盯著他們的軍裝，喜孜孜地說：「這一次，我真的有可能命中紅心！好端端的城堡，怎麼會有軍人？甚麼惡靈古堡，果然都是騙鬼的。」

這裡是城堡裡的庭院，泥土是紅色的，長籐蔓生在石砌牆和拱廊上。

我仰臉一看，頭上是灰溜溜的塔樓，牆頂都有齒形的垛口，石磚的接縫像積木一樣，由外而內，都是堅固的防禦堡壘。如果不是繞地道，我們一定難以闖進來。

「這城堡有夠大的，妳怎麼找到想見的人？」

「你注意一下，天黑之後，有亮光的地方不多。我們跟著燈光的方向慢慢找，總會找得著的。」

　　我跟著妮妮鬼鬼祟祟地行走，忽而往東，忽而向北，幸好有平面圖，要不然一定迷路。到處都有站崗和巡邏的軍人，我和妮妮大多數時間都在庭院裡貼牆走，必要時才使用《地心歷險記》，在黑漆漆的地底下探路。

　　這本書和挖土機一樣，遇上厚實的石牆或花崗岩，妮妮便挖不過了。每當我們要通過建築物，最好的做法還是返回地面，步步留心，像個小偷一樣走著。

　　目光穿過窗戶，我窺見了某些房間的裝潢，都以簡樸典雅為主，但因為疏於打掃，周圍都積滿了灰塵，黯然失色不少。

　　有一個大廳平平無奇，但抬頭一看，就看見一幅很壯觀的天頂畫，畫中的主題來自希臘神話。我問妮妮為甚麼要將地毯掛在牆上，她就說那些是壁毯畫。沿途所見，大部分房間都有壁爐，走廊上掛著古色古香的燈具，燃著泛黃的光芒，就像一朵朵盛開的菊花。

　　我們來到了內庭，走了一會，躲在草叢裡偷看，眼前有一幢自成一格的建築物。

　　那是白色的小屋，外面有一個半圓形的鐵柵欄，那邊的草地都像天鵝絨一樣平整。在守衛森嚴的城堡深處，竟然有這樣的鄉村小屋，實在是說不出的詭異。

我開始緊張起來，便問：

「我們要進去嗎？」

妮妮卻不回答，直接穿過柵欄，跟著推開大門。

整間屋竟然沒有分隔壁，也沒有分層，就只有一個大房間。但這個房間寬敞得嚇人一大跳，牆面甚至地磚都是大理石，布置極為金碧輝煌——我說的是真的，掛簾、牆紙、櫃凳都是金色的，金紅織錦大床和繡花天篷，每一根柱，每一件家具，甚至連壁爐均為鍍金，金光閃閃得快要令人睜不開眼睛。

因為爸爸的關係，我見過不少名人，到訪過不少豪宅，卻從未見過這麼奢華的房間，住在這裡的人應該是個貴族吧！

一個男人在搖椅上坐著，在屋裡通明的燈光下，他的表情竟然顯得那麼陰沉和憔悴，眼中沒有半點光采。他看見有人進來，也沒動一下，要不是發出呼吸的聲音，我差點就以為那人只是個蠟像。

妮妮和我再也沒法走前半步……

我倆的前面，竟有一堵巨大的透明牆。

「這就是《茶花女》的特殊能力……絕望的牆壁。」

悲傷的能量愈大，就愈強大的牆壁——

6

我用手敲了兩下，再無置疑，眼前真的有一堵巨大的透明牆。

這堵牆恰如緊緊嵌在地上的隔板，從左至右，由上而下，橫切整片空間的四個角落，密不透風，而且牢不可固，並非一般的玻璃牆。

壁爐上有幅巨大的油畫，畫中有一對親密的男女。雖然構圖不一樣，但我認出畫中美艷的女人是杜普萊西女士，即是小仲馬的妻子。

我怔怔地看著搖椅上的男人，猜出了他的身分。

「難道……他就是小仲馬？」

妮妮的眼睛裡直放光芒，言之鑿鑿：

「嗯，他就是小仲馬，也就是我要找的人。那一天，小仲馬沒有出現，很多革命黨人都以為他是賣友求榮的叛徒。但我一直懷疑，大仲馬把他軟禁在這座古堡之中。」

整間屋只有一個門口，四方八面也是厚實的牆壁，連窗口也鑲著鍍金的欄杆……這裡果然是一個華麗的監牢。

我不禁又問：

「為甚麼要軟禁他？」

「因為，小仲馬就是大仲馬的弱點。」

弱點？

聽到妮妮這麼說，我有所誤會，歪著嘴笑了笑。

「哦……我明白了……打不過老子，妳就綁架他的兒子……妳的思想真是邪惡呢，不過我會支持妳的……」

妮妮微微搖頭，澄清誤會：

「你的思想才邪惡呢！小仲馬的書《茶花女》，可以造出眼前這樣的透明牆壁。根據我家傳的百科全書，『絕望的牆壁』是最強的防禦，可以阻擋世上一切物理攻擊。」

我想到妮妮的真正目的，便問：

「妳故意來見他……莫非是……想偷他的書？」

「唔，我只是想向他借書……借的不成，才用偷的。」

這樣的做法不是和強盜沒兩樣嗎？

她的思想明明邪惡得很！

就算有人來了，透明牆另一邊的小仲馬仍然坐著，目光呆滯，嘴角快要有白泡吐出來似的。他頭髮凌亂，衣衫不整，白襯衫的領口歪掉，長褲皺巴巴的，就像半年沒洗澡一樣，令人很想將他扔進洗衣機裡。

我感到費解，便問：

「他是怎麼了？」

妮妮一邊摸著透明牆，一邊回答：

「靈魂也會生病的，心理學的說法就是『精神病』。他的妻子死了，他受不了打擊，就活在比死更難受的自責之中……他這個人，將愛情看得比一切都更重要。」

小仲馬一直紋絲不動坐在房間的正中央，比痴呆的呆子更加痴呆，比木訥的木偶更加木訥，比失魂落魄的作家更加失魂落魄……

我看著透明牆後面那個可憐的人，忽然很同情他。

妮妮眉頭緊皺，似乎是碰上棘手的事情。

「怎麼做，才可以穿越這堵牆呢？《茶花女》的特殊能力極度消耗精神力，使用上有時間限制，應該不可能維持這麼久……唉！一個人精神失常，靈魂進入昏迷狀態，出於心理防衛機制，就會不停釋放精神力來保護自我。」

「不是吧？只要變成一個有精神病的瘋子，就有無窮無盡的精神力？」

「看來是這樣的。」

妮妮蹲了下來，在地面敲了一敲，然後輕輕歎息。

我當了她的跟班這麼久，簡直是她肚子裡的蛔蟲，她剛剛肯定想過挖地道的方法，可惜這大屋的地板全由堅固的大理石鋪成，所以《地心歷險記》的能力不管用了。這間沒

有窗戶的大屋，猶如小仲馬封閉的心靈，外人無法進入。

妮妮特地闖入城堡，要找的人卻變成了長期精神病患者。這次是白走一趟了⋯⋯正當我這樣想的時候，妮妮卻突然大笑起來，似乎發現了一件有趣的事，而我只是乾瞪著眼，完全不知她在笑甚麼。

「笨蛋！你看一看那邊，有甚麼東西？」

我朝她所指的方向，望向房間最裡面，那邊有一個大壁爐。

妮妮懶得解釋，從我肩上的背包取出兩本書，逕自走出外面。我瞧見其中一本是《納尼亞傳奇》，另一本是《孤星淚》。

在屋外，妮妮雙手各持一書，唸出兩本書的書名。

眼前出現了獅王亞斯蘭和⋯⋯和一個小孩。

這小孩由地上的影子中冒出來，戴著破爛的帽子和蒙眼布，我懷疑是漢堡神偷叔叔的私生子，模樣可愛極了⋯⋯這個偷書賊就是來自《孤星淚》的書靈，雖然不知書靈是否有男女之分，但看見他長得這麼可愛，我就替他取了「小珂」這個名字。

小珂笨手笨腳，很矮小，又走得比我慢⋯⋯在實戰中，這個傢伙出場，只會挨揍，根本不可能走近敵人。

書靈與書靈之間可以合作，偷書賊小珂騎在亞斯蘭身上，然後亞斯蘭從上跳，躍上了屋頂。妮妮蓋上了書，亞斯蘭瞬間消失，屋頂上只剩下小珂。小珂有獨立意識，但他會遵照妮妮的意念而行動。

這時，我才發現屋頂上有煙囪。

整間屋並非完全密封，竟然有這麼大的漏洞……

在旅途上，我曾經問過妮妮：「在戰鬥中搶走敵人的書，再用他的書來對付他，這樣做可以嗎？」

當時，妮妮瞪了我一眼，滿臉不屑地說：「受過教育的人，都不會做出搶書這樣的野蠻行為。這世界的人都很重視知識版權和擁有權。」

她在諷刺我是個下三濫的小人嗎？當時我氣鼓鼓的，在她背後猛做鬼臉。

妮妮向我解釋擁有權的概念：

書靈是一股靈性的力量，要得到它的認同，就必須先獲得書的擁有權。

最初的擁有權就是在原作者身上，擁有這本書的人都叫「書主」。只要成為書主之一，就可以和其他人分享擁有權，正如妮妮之前借我《納尼亞傳奇》，儘管嘴裡沒說，但這個舉動就是授予我擁有權。

　　要是書是搶回來的，就無法使用它進行召喚，得物而無所用。

　　在書主不願意的情況下，只有一個方法可以成為書主，奪得書靈……

　　殺害書主，就會自動繼承他的擁有權。

　　「為了奪書，就要殺人……不是很可怕嗎？」

　　「書也是一種財產，而且是很貴重的財產。大多數人害怕良心責備，始終做不出這麼壞的事。《孤星淚》是打破常規的一本書，透過它的特殊能力『偷書賊』，不用殺害書主，就可以奪得他的擁有權。」

　　這一次，我一直以為毫無實用價值的《孤星淚》，竟然派上用場。連我這種人也不得不贊同，有些書看似沒有甚麼用處，到了人生的轉捩點，就會為我們的命運帶來意想不到的影響力。

　　我們再度進入白色大屋，等了一會，只見小珂徐徐由壁爐的火爐口爬出，弄得滿身污黑，衣服髒兮兮的，好不可憐的樣子……小珂這麼可愛，我一定不忍心在戰鬥中將他送進敵人的虎口……

　　雖然小珂看似一個膽小鬼，卻沒有辜負我們的期望，直接跑到小仲馬的搖椅前，蹦了一蹦，一把奪走小仲馬手上

的書。

透明的牆壁立刻消失不見。

我大叫：「成功了！」

小珂將偷回來的書交給妮妮，笑著向我們揮手，化作一團斜斜躺在地上的影子，隨即像曬乾的水漬般消失了。我發現，不同的書靈會有不同的出現和消失方式。

看著面如槁木、半死不活的小仲馬，我覺得這人實在可憐。

妮妮站在搖椅前，誠懇地說：

「小仲馬先生，我不問自取，真是非常抱歉，希望你能原諒我。雖然你這本書的能力稱為『絕望的牆壁』，它卻是我們最重要的希望。請你相信我，我所做的一切，都是為了法國！」

小仲馬仍是紋絲不動。

我忽然聽到一陣嘈雜的聲響，便湊近窗邊，窺探外面的動靜。怎會這樣的？我竟看見勢如山倒的護衛兵，至少有五十人列陣，架起了槍桿子。這邊窗是這樣，那邊窗亦是這樣，兵大哥個個凶神惡煞，將我和妮妮重重包圍⋯⋯

天呀！居然還有大炮！

我驚訝得無法合上嘴巴，呆呆地與妮妮對望。

大門是唯一的出口。

好幾支令人望而生畏的大炮正正對準大門，這一次我
們逃得出去嗎？

7

現代的美術館為防失竊，一貫都採取「自投羅網」的
保安做法，一出事就自動關閘，賊人就此一網成擒。

簡單來說，就是讓你開開心心的進來，插翅難飛的留
下來。

原來城堡裡的守衛早就發現我們的行蹤，衛兵暗暗在
外面埋伏，只待我和妮妮入屋，就圍著四周布陣。

外面的軍隊隨時發炮，以他們的火力，要鏟平這裡只
是不費片刻工夫的事。

怎麼辦？

妮妮愁眉苦臉，我知道她未想到安全脫險的方法。

我打開背包，提出了意見：

「我們可以騎著亞斯蘭衝出去嗎？」

「炮火打中亞斯蘭，牠也會死的。更何況，只要我們
一踏出門口，就會被炮彈轟得四分五裂……我知道，他們都

是這樣對付入侵者。」

「《小王子》呢?」

「沒用的,就算我弄得他們暈乎乎的,他們照樣可以開火⋯⋯」

書就是這幾本,偏偏沒一本能幫我們脫險。

妮妮在房裡來回踱步,低著頭,自言自語:

「《茶花女》這本書,我以前讀得不夠深入,現在還不能用⋯⋯可惡!這裡的地板全是大理石,即使使出《地心歷險記》,也挖不出地道⋯⋯」

這不就是⋯⋯無路可逃嗎?

我在背包裡找到一塊白布。我很想向妮妮建議舉白旗出去投降,但這樣做的話,我們就會成為階下囚,失去所有的書⋯⋯雖然很沒骨氣,但總比死在大炮轟炸之下好受吧?

「壁爐底⋯⋯不是大理石。」

話聲很細弱,不知由哪裡傳出來。

我和妮妮面面相覷,一同回頭一看,突然發覺小仲馬的眼睛重新有了神采,而他本來已僵硬的嘴唇竟在簌簌發抖。他四肢動不了,那張搖椅彷彿是他的輪椅。

妮妮走過去,著急地問:

「小仲馬先生⋯⋯你清醒了嗎?」

　　小仲馬點了點頭，原來他一直不動聲色，卻把我和妮妮的對話聽進耳內。他剛剛説的話，就是給我們提示，壁爐底有路可逃……我們偷了他的書，他卻幫我們想出脫險的方法，真是一個大好人啊。

　　我迫不及待，鑽進壁爐裡，摸了幾下之後，便向妮妮大叫：

　　「可以的！我們可以在這裡挖地道。」

　　就在此時，外面的軍隊終於有所行動，轟出第一個炮彈，天空傳來令人恐怖的巨響，一瞬間，彷彿天崩地裂，震翻了整個空間。

　　我的目光搖搖欲墜，原來不是錯覺，其中一片外牆真的倒塌下來，散落一大堆著火的殘垣。

　　妮妮挨近小仲馬，給他一個輕輕的摟抱。

　　「小仲馬先生，謝謝你。」

　　「我是個懦弱的人。這樣的我卻寫出《茶花女》……我就是等待這一刻。我終於做出了一件光榮的事。」

　　這時候，小仲馬略略仰起頭，才真真正正瞧著妮妮的臉。他之後對她説的話，我只隱約聽見了一部分：「我記得妳是誰，妳是他的……那個傳聞果然是真的。也的確……的確只有妳才可以打敗浮士德。命運啊！」

再不走就來不及了，妮妮究竟在搞甚麼鬼？

我焦急得狂冒汗，將頭伸出壁爐外，聽到她對小仲馬說：「仲馬夫人臨死之前，見不到你最後一面，但她留下了遺言：『我至死也相信我所愛的男人。』我也算半個革命黨人，所以知道這樣的事。」

小仲馬聞言，忽然仰天長笑，笑聲持續了十秒。他笑完了，淚流滿面，瞧著妮妮，眼神裡充滿了感激。

「謝謝妳告訴我這樣的事⋯⋯我死而無憾了。軍方下了命令，只要有人偷走我的書，他們就會炸毀整幢房子。我動不了，請讓我在這裡安息⋯⋯妳快走吧！」

轟、轟！

震耳欲聾的炮聲再度襲來，石牆裂開的聲音啪噠啪噠，這次可不是說笑的，敵人看見我們寧死不出，真的要炸毀整間大屋。

在濃濃的煙塵中，我已看不清妮妮和小仲馬。

「再見。」

只聽到她對他的告別。

在壁爐裡，妮妮躲入來了，牽著我的手，二話不說，就發動《地心歷險記》的特殊能力。在一片漆黑之中，重心往下墜的感覺出現，我們便已進入了地底。

　　地上傳來一連串巨響，地層晃個不停，不用看見也知道，上面的房子已經倒塌了。如果敵人發現了地道的話，仍有可能追來。我和妮妮不看地圖，徑直向著一個方向奔跑，腦子裡一片空白，只顧向前衝。

　　我忍不住問：

　　「小仲馬……他能活下來嗎？」

　　妮妮直話直說：

　　「當然會死。」

　　我曾問過妮妮靈魂再死的下場，她的回答充滿了哲學性，說我們在生時也不知道死後會怎樣，這裡的人魂也解不開死亡之謎。

　　「就是不知道靈魂會去甚麼地方，所以才恐怖……」

　　小仲馬很清楚，要是失去了《茶花女》，他就會死。但他沒向妮妮討回《茶花女》，就是克服了對死亡的恐懼，甘願犧牲生命。

　　只要是人類，即使在死後，也會為自己的理念再死一遍……

　　人就是這麼一種奇妙的生物。

　　到了差不多的時候，妮妮心想已經夠遠了，便轉向走上地面。一路走，我們沒理會傾斜度，直到離開地底，才發

覺自己身在山嶺之上。夜簾低垂，在涼絲絲的草堆之中，遠離了那些轟炸的炮聲，我倆眼望著山嶺下的城堡，真的有種恍如隔世的感覺。

8

我們在《茶花女》的書頁中，發現了小仲馬親筆撰寫的信札。

信的開首如此寫道：

「我曾經因為辜負一個女人的真愛，良心受到極大的苛責。就是這份懺悔之情，我寫成了這個故事……」

茶花女的原型就是瑪麗・杜普萊西，她在二十三歲時告別人世。

小仲馬在瑪麗死前，曾寫了一封絕交書給她，放棄這段不可能的感情。雖然他生父是個大作家，但他只是個私生子，而他當時未成名，只是個窮小子。他連一件瑪麗喜愛的珠寶，都買不起給她。

瑪麗臨終前，給小仲馬留下一封信，説她一直沒忘記他，感謝他給她一生最幸福的日子。他曾在信中向她求婚，但她沒有答覆，因為她覺得自己的身分很骯髒，真心愛上她

的男人都會受到恥笑。

作家的靈感取材自現實，儘管情節是虛構的，但他們都注入了真摯的感情。小仲馬悲痛萬分，寫成了《茶花女》，這本書令他一舉成名。

當小仲馬來到地下世界，爸爸大仲馬幫他在凡爾賽宮舉辦歡迎酒會。這個酒會，除了小仲馬之外，只邀請了一個人，這個人就是瑪麗‧杜普萊西。經過五十年的時光，他對她的愛情並沒有熄滅。在鏡廳之中，他和她牽著手跳舞，鏡中映照出一對年輕的俊男美女。

在現實世界，一個人的年齡以歲數計算，外貌隨著歲月而衰老。

在靈魂的世界，只有「心理年齡」。

一個心境年輕的人，就算他活了一百歲，外表還是一個年輕人。

小仲馬牽著瑪麗的手，靠坐床頭，朗讀《茶花女》的內文。瑪麗只聽了一會，已經泣不成聲。自從有人告訴她這本書的事，她就一直引頸翹望。生前，她對他說過：「即使我活不了多久，我活的時間也會比你愛我的時間長！」萬萬想不到的是，小仲馬在她逝世之後，始終沒有放下這段刻骨銘心的愛情。

相愛的人，在這個世界可以延續愛情。

小仲馬和瑪麗結婚了。

他們的愛情進入了最完美的境界，在這個境界裡，她不再是受人歧視的女子，過去的一切一筆勾銷，未來是一片光明。這對夫妻經營的時裝店相當成功，店名叫「Marguerite Gautier」，就是《茶花女》女主角的名字。

本來很美好的世界，卻因為戰爭，發生了翻天覆地的改變。

浮士德佔領法國之後，委任大仲馬成為總督。

在人民的眼中，他是一個向黑暗勢力低頭的暴君，以橫蠻無理的方式統治法國。

「法國國旗的藍白紅三色，是甚麼意思？」

「自由、平等、博愛！」

每一個法國的孩子都知道答案。

昔日的法國沒有國旗，只有王徽，而1789年爆發的法國大革命改變了歷史。

在法國大革命之前，封建貴族和神職人員享盡榮華以及特權，貪婪徵稅，驕奢淫逸，壓榨佃農百姓，漠視民間疾苦……在大作家和思想家鼓吹之下，加上印刷技術的興盛，「天賦人權」的理念散布開去，不願做奴隸的人民終於站起

來，攻陷巴士底監獄，無數烈士誓死與王室的軍隊作戰，將法國國王路易十六送上了斷頭台。

你聽見人民的歌聲嗎？

要是有人敢在這片國土復辟獨裁主義，就一定有人民站起來反抗到底。

親爹大仲馬淪為賣國賊，小仲馬心中充滿了憤懣和失望，他選擇站在人民的一方，加入了革命黨。

就在密謀向凡爾賽宮進攻的前一晚，幾千個年輕人在酒吧街裡狂歡，一同立誓，誓死冒著敵人的炮火向前衝……小仲馬抱著大義滅親的決心，朗讀一篇又一篇慷慨激昂的宣言，贏得無數夥伴的掌聲。

他們一遍又一遍地高唱《馬賽曲》——

祖國的子民醒來吧！
光榮的日子到來了！
與我們為敵的暴君
升起了血腥旗幟！
……

那一晚，在酒吧的二樓陽台，小仲馬和瑪麗獨處聊天。

「你知道嗎？他們之前都懷疑你是奸細。」

「大家愈是懷疑我，等到大家知道真相的一刻，我在他們心中就會顯得更加崇高。我和爸爸保持關係，只是為了探聽情報。我是個怎樣的人，妳是最清楚的，對不對？」

瑪麗握住他的手，笑容中有堅決的意志。

「如果順從你的父親，我們可以幸福地生活下去……但我不能為了自己的幸福，而看著其他人受苦。」

小仲馬深愛這個善良的女人。

他很重視愛情，將愛情看得比生命更重要，但如果有甚麼東西值得他犧牲愛情，那就是一顆熾熱的愛國心。

「我願意為大家的理想而死。」

小仲馬真的有這個強烈的想法。

他的書，擁有保護眾人的力量。

《茶花女》的防禦能力堪稱是最強的防禦，能按照使用者的意志，憑空創造出一面透明牆壁，哪怕是戰艦級的炮火轟炸，也無法炸穿這道防衛網。

革命黨的領袖發施號令：

「我們每人摘一朵茶花，當茶花完全變色的時候，我們就在凡爾賽宮的廣場集會！」

人人都拿走一朵紅色的茶花，預料在明天下午六時左

右，茶花就會變色。

　　小仲馬在第二天早上，竟收到父親的信。

　　父親在信裡說，他知道了革命黨的計畫，所以已離開了凡爾賽宮，藏身在巴黎市中心一個地方。他誠心懺悔，甚至願意放棄權力，央求小仲馬過去見他一面，擔當雙方和解的中間人。

　　瑪麗恰巧不在家裡，由於事態緊急，小仲馬留下字條，又委託管家幫忙送信，才孤身出門赴會。

　　他卻不知道，父親已收買了他的管家。

　　當小仲馬去到那間空屋，才發現是一場騙局。他太天真了，竟然相信了利慾薰心的父親，竟然相信可以和平解決一切。茶花開始變色，他要趕回去了，當一個人慌張，就是最容易掉入圈套的時候。

　　馬車上鎖了。

　　有個軍官乘著他不在，冒充了他的馬夫。

　　不管小仲馬如何敲打咆哮，還是沒有用。在封閉的車廂裡，他無奈地看著茶花變色，卻無能為力。接近黃昏的時候，馬車才慢慢駛向凡爾賽宮，不消多說，駕車的軍官乃是奉了父親的命令行事。

　　焰色的晚霞下，竟是死寂的景觀。

　　廣場上的年輕人全部陣亡，幾乎半個凡爾賽宮變成廢墟，凌亂不堪的地面滿是破柱頹垣和一堆堆軟癱癱的衣物……半空中飄來飄去的光點，就像雪白色的螢火蟲，都是慘死的魂魄，彷彿在無聲哀鳴，陰魂不散！

　　小仲馬木然地走上前，忽然發起瘋來，不停地搜尋倖存者……如果瑪麗死了，他也不想活下去了。

　　悲涼的怨魂之光，映照在小仲馬蒼白的臉上，他愈來愈感到絕望，彷彿有股心如刀絞般的巨大壓力，逼使他癱瘓似的跪在地上。

　　血紅色的暮霞已落下，物換星移，只剩下黑得絕望的深夜。

　　風聲有說不出的淒厲，月色彷彿籠罩著白霜。

　　月光下，出現了一個大胖子。

　　大胖子嘴裡叼著一個煙斗，噴出一口煙圈。

　　小仲馬滿眼血絲，瞪著他——大仲馬。他從沒想過父親真的會使出血腥強大的力量，來鎮壓和殘殺那些寶貴的生命。他用書靈來殺人，書靈和他的意志合一，就等於是他親手殺的，責無旁貸，罪無可恕！

　　「法國大革命帶來了甚麼災難，你應該聽說過吧？這些年輕人都是受到煽動，才密謀造反……是他們逼我的，為

了維護國家的秩序，我只好這樣做了。」

大仲馬為自己的暴行狡辯。

小仲馬眼眶裂開，對父親怒目而視，哽咽失聲，沒有說出他的心聲：

「可是——如果沒有法國大革命，法國就不會變成今日的法國！」

他的書只能防守，無法擊倒父親的書靈。

突然間，大仲馬伸出手心，有一串銀色的項鍊垂下來，鑽石閃著奪目的光芒。

小仲馬怔了一怔，認出是瑪麗的首飾，頓時慟哭大叫，傷心哀痛到了極點。

「對不起⋯⋯我不知道她在人群裡。我以為她一直和你在一起。我騙了你，是因為我不想你受到牽連。如果我不這樣做，法國就會亡國⋯⋯浮士德可怕的力量，只有我親眼見過！」

「她⋯⋯她真的死了嗎？」

「別難過了⋯⋯誰叫她做這種蠢事？」

那一刻，小仲馬徹底崩潰了。

父親是個風流的男人，他根本不會明白，只愛著一個人是甚麼樣的感覺。

「要是我在場，就能擋住《三個火槍手》的致命攻擊吧？她不會死，大家也不會死⋯⋯都是我的錯！」

小仲馬後悔莫及，愧疚得痛不欲生。

他發出淒厲的泣聲，然後就瘋掉了。但他的潛意識懂得保護自己，造出了一個透明的立方體，六面透明牆，包圍著自己。自此之後，他大部分時間迷迷糊糊，有時清醒過來，想起這件不幸的事，悲傷過度，精神病又再發作。

在囚禁的地方，小仲馬趁著清醒的時候，寫下了這封信，作為懺悔的自白書。

信上的字跡歪歪斜斜，在我看來，寫信的人竭盡了渾身的力氣。

「我的父親已變成一個我不認識的人。我有種感覺，有一股邪惡的力量在操縱他，這股力量會滿足他的慾望，卻漸漸掏空他的心靈⋯⋯那是一股很可怕的力量，令人忘卻本我，令人傷害無辜，令人忘記道德⋯⋯為了達到目的，不惜做出各種惡行，卻給自己編出冠冕堂皇的理由。」

小仲馬並不知道，世上有一本叫《國富論》的書，其特殊能力就是「洗腦」。

他生無可戀，卻沒有尋死，就是在等待革命黨的夥伴

出現。

　整封信的末端，寄託了他的遺願：

　「我無法打倒我的父親，但我期望《茶花女》這本書的繼承人，可以打倒他，解救法國的厄運……我會向你致以最衷心的謝意。」

Chapter 5

羊脂球

Boule de Suif

羊脂球
Boule de Suif

1

咕嚕咕嚕⋯⋯

由地道脫險之後，我聽到一陣奇怪的聲音，向著荒野四周東張西望，竟發覺這種聲音由妮妮的身上傳出，就像肚皮在打鼓一樣。

「妮妮，妳很餓嗎？」

我一問完，就想到靈魂不需要吃喝，所以理論上不會肚餓。

「這是一種信號。當我的精神力快要耗盡，身體就會發出這種聲音。」

妮妮告訴我，原來靈魂也需要休息。這是個由精神力主導的世界，召喚和使用書靈都要消耗一定程度的精神力。

這是一個很抽象的概念。精神力的多寡純粹只是一種感覺。舉個例,當我們有肉身時,必須進食來補充營養,一旦熱能不足,就會有飢餓的感覺,肚子會叫出來。同樣道理,一旦精神力不足,現為靈體的我們也會有類似的感覺,據稱是「精神上的飢餓」。

「咕嚕咕嚕」的聲音是一種警號,聲音愈是頻密,即是說愈來愈接近極限。當精神力竭盡的時候,輕則眼冒金星,重則腿軟暈倒,不可以再使用任何書靈。

精神疲倦,就要休息睡覺,這是人類由一出生就會做的事。

睡飽可以恢復精神,在這世界也是一樣。

我前面揹著大背包,後面揹著妮妮,騎在亞斯蘭的身上。當妮妮熟睡的時候,就由我操縱亞斯蘭奔跑。男生總會有這樣的幻想,自己開著開蓬跑車,載著漂亮的女生在公路上兜風⋯⋯現在的情況,我卻覺得自己是個車夫,載著睡得像豬一樣的女主人,在漆黑的樹林之中誠惶誠恐地趕路。

四個小時之後,妮妮終於醒來。

我跟她看著同一張地圖,盯著那個筆跡圈住了的地點,好奇地問:

「我們要去的地方是海邊嗎?」

「嗯。」

「去海邊幹嘛？這麼浪漫……妳有甚麼企圖？不會是想佔有我吧？」

妮妮不懂我的幽默，大力捏了我的臉皮一下，才説：

「我們要坐船，設法離開法國。説得難聽一點，就是『偷渡』。」

這麼辛苦才拿到《茶花女》，我還以為她會立刻去和大仲馬決一生死。

妮妮的想法相當理智：

「我不會做沒把握的事。現在跟大仲馬戰鬥，只是越級挑戰，等於自尋死路。再説，大仲馬只是個傀儡，我們真正的敵人是浮士德……我一定要將五環書送到英國，才可以拯救這個世界。」

在地形和方位上，地下世界和地面世界完全相反，但我會依照自己熟識的世界地圖，來理解這世界的地理。

在地圖上，英國和法國的地理位置很近，其實只隔著一個海峽，由倫敦搭飛機到巴黎只需約一小時的航程。

英國在法國的北部，照理説我們要偷渡，由北面的港口出發才是距離最短的航道。可是，我們能想到的，大仲馬的幕僚也一定能想到，所以妮妮和英國的盟友反其道而行

之，相約在西南部的港口會合，故意繞遠路，來逃過法軍的攔截。

接下來一連三天，我們朝目的地進發，如同一對闖蕩天涯的俠侶，最大的差別就是我低微的身分——妮妮只當我是她的小跟班，由我揹著沉甸甸的大背包翻山越嶺，不時累得不支倒地。

為甚麼書是這麼沉重的東西？

我忽然想到，打倒的敵人愈多，獲取的書愈多，這個大背包不就愈來愈重嗎？饒了我吧！這個世界千萬不要有書局呀……

妮妮覺得我「有利用價值」，有空就教我一些基本的戰鬥技術。

她強逼我讀書……還灌輸一些恐怖的戰術觀念給我，說甚麼她是主將，每當她遇襲的時候，我都要犧牲自己幫她抵擋……她以為自己是黑社會的老大嗎……

《納尼亞傳奇》是開啟世界名著大門的鑰匙。

這本書的特殊能力是「智慧」，有了它，我就看得懂法文，簡直是植入大腦的超級電子辭典。現時，我們手上總共有四本法文書：《地心歷險記》、《孤星淚》、《小王子》和《茶花女》。

即使來到這個世界，我仍沒有改掉挑書看的劣根性，像《小王子》那種簡單的書我會看，像《地心歷險記》那種刺激的冒險小説我也會看，至於《孤星淚》那種磚頭厚度的書我是寧死也不會看的。

我指著《孤星淚》，説了一番氣死妮妮的話：「這東西是書嗎？我看它比較適合用作建築材料吧！」

妮妮苦口婆心，即使明言要殺死我，也無法強逼我去讀自己不願意讀的書……這一點我是非常自豪的。

我本身的資質並不差，有幾位博士級的叔叔和姨姨，都讚過我是塊讀書的材料。再加上我得自爸媽的遺傳，不多不少也會繼承語言天分。

所以，我一直自信滿滿，以為要由書中召喚出書靈非常容易，一點也難不倒本人。

「Le Petit Prince！」

我由《小王子》裡召喚出「耀目之星」。

可是，由我發出的強光大概只有普通燈泡的強度。

為甚麼會這麼弱的？

這本書表面上是童話書，卻隱藏很多深奧的哲理和內涵。大人講一些黃色笑話，我都能聽懂，偏偏就是難以理解書中艱澀隱晦的文字。

　　妮妮教過我，很多作者都會使用象徵手法，書中的事物可能都有隱喻和寓意。要領悟一部作品的真諦，就要讀出字裡行間以外的意思。

　　真是不懂呢⋯⋯

　　寫文章就寫文章嘛，幹嘛要故弄玄虛？作家都是頭腦異常的怪人，這句話果然沒說錯。

　　我讀完小仲馬的信，對他的愛情故事充滿好奇心，拿起《茶花女》，讀著讀著，欲罷不能，翻到了最後一頁⋯⋯真是感人肺腑的故事啊！不過，我略嫌舊時代的作者太保守了，色情部分的情節不夠仔細。

　　《茶花女》的內容並不深奧，比較容易讀懂，我很快掌握了它的特殊能力——

　　「*La dame aux Camélias*！」

　　在我唸出書名的同時，亦要發揮想像力，全神貫注瞪著一個地方，想像那裡有一堵牆壁，然後那裡就真的出現了一面透明牆⋯⋯不過比我想像中的牆壁小得多了。

　　妮妮在旁指導：

　　「你記得嗎？書靈的力量會受你的精神力影響。人有七情六慾，書靈也有感情，假如你能和書靈產生共鳴，就能發揮出百分之百的力量。」

「共鳴？」

「就是共同的情緒反應。你欠缺人生經驗，就感受不到書靈的共鳴。沒有共鳴，就無法領悟作品的真諦。」

《茶花女》的力量來自悲傷和愧疚，持書人心中的悲傷愈大，出現的透明牆壁就會愈大。

就像憋氣吹氣球一樣的感覺，我猛想一些傷心往事，可是就算想爆了頭，也只能造出一堵小牆……然後我精疲力盡了。

「方士勇，你真是沒用啊！」

妮妮看了我使用書靈的本事，不是翻白眼，就是鼻子裡笑，連半句虛偽的安慰說話也懶得對我說。

「真是傷腦筋啊！你這麼沒用的話，戰鬥時最後躲在我的後面，由我來保護你吧！請你不要變成我的負累啊！」

妮妮奚落我，侮辱我，但就算我氣得發抖，也不敢反抗……

在原來的世界，因為男女體格不同，真的比力氣的話，女方會比較吃虧。但來到這裡，一切可不同了，不再有體能上的差異，男女真正平等，誰強誰弱取決於精神力的高低。因此，我絕對打不過妮妮。

「你是殘障嗎！」

「速度太慢了！我會給你害死！」

「錯了！我要的不是這本書！」

旅途上，一有空閒的時間，她就會強逼我接受特訓。我的角色如同棒場球上的捕手，注意她打出的手勢暗號，並以最快的速度，由背包裡找出她指定的書，再以流暢的動作遞到她的手上。

召喚書靈需要時間，慢了一秒，就有可能戰敗。

妮妮對我的要求非常嚴格……

我只不過慢了零點三秒，就要接受懲罰，負責幫她洗襪子。

結果，我總共洗了八隻臭襪，飽受精神上的折磨。

如果我拿錯了書，她就會大力捏我一下。

結果，我的身上都是瘀青，青一塊黑一塊……

哪有這樣訓練人的？

睡覺的時候，我瑟縮著身體，幻想著自己有一天會變強，強得令她跪在地上求我救她一命！

可是，我萬萬沒想到，這次我掉入別人狡猾的陷阱之中，更淪為了人質，要跪著向妮妮求救……

2

這是我來到地下世界的第四天。

風和日麗,我卻苦不堪言。

那個比阿修羅還要兇惡的惡婆娘,在路上又對我呼呼喝喝了。我揹著那個和胖小孩一樣重的背包,走了半天路,累得半死。

我想召喚亞斯蘭當坐騎,妮妮卻説這段路又崎嶇又狹窄,擔心亞斯蘭會滑倒……換而言之,我的賤命在她眼中比獅子更賤,只等同一頭驢子。不過,這條是大路,騎著獅子代步,的確很容易引人注目,所以可免則免。

「妮妮,等等我……我快不行啦!」

我上氣不接下氣,脊椎快要承受不住,腰痠又背痛。我真想知道這世界有沒有保障僕人權益的勞工法例。

不知道為甚麼,妮妮突然停下來了,面色凝重起來。

她揮了揮手,指著我背上的背包,低聲囑咐:

「給我望遠鏡。」

我倆身處在綠油油的山腰,目光順著蜿蜒向下的山路,山下是廣闊的平地,就算不用望遠鏡,也瞧見了山下有一排由木條搭成的路障。

　　路障後方，竟有為數不少的軍營屯駐，一個個營帳看來像色彩單一的紙杯蛋糕。我會知道那些是軍營，皆因眼力好，遠遠就望見分布在路障四周的軍人。

　　我仰起了脖子，觀察前方的地形，與妮妮交換了一個眼神，彼此想著的大概都是同一件事——

　　路障截斷兩峽之間的要道，軍人守住了必經之路。

　　五環書是那麼重要的東西，妮妮是全國的通緝犯，封路是意料之內的事。眼前是一大難關，倒霉是倒霉，但總要找出過關的方法。

　　妮妮開始尋思。我卻想到了甚麼主意，就一股腦兒吐出來：

　　「我們騎著亞斯蘭，可以衝過去嗎？」

　　「法軍的兵種以火槍手為主，他們一看見亞斯蘭，就會開槍。就當亞斯蘭死不了，我們也躲不過子彈。」

　　「地心歷險記？」

　　「如果這段路上都有軍人，我們鑽入地底，看不清楚地上的情況，一上去就會有危險……而且，挖了那麼遠的地道，我的精神力耗盡，哪裡還能對付敵人？」

　　「我們可以走別的路嗎？」

　　妮妮沒立刻回答，只是拿出了地圖，默默地看了一會。

　　然後，她極是無奈，苦惱地説：

　　「如果改走別的路線，至少要多花兩天的時間……坦白説，我們沒時間了。事到如今，我們只好賭一賭運氣，繞到這座山的後方，看看有沒有其他路。」

　　別無選擇之下，我們走進了容易迷路的山林。

　　走上崎嶇的山路，比我想像之中吃力。我央求了很久，吐出了一口白泡，妮妮才停下來歇息。

　　我喘著氣問：

　　「嗄、嗄……妳怎麼肯定，山後會有路可走？」

　　妮妮一臉猶豫，回答：

　　「説真的，我也不知道啊……搞不好會遇上斷崖，要走回頭路。」

　　她怎麼可以如此不負責任？

　　我看著斜斜向上的山坡，想到有可能要走冤枉路，又吐出一大口白泡。

　　妮妮冷冷地瞪著我，板著臉説：「你在耍白痴嗎？你敢再玩我的牙膏，我就揍你。」我笑嘻嘻的收起牙膏。在這世界，不刷牙，也不會有口臭，但妮妮有潔癖，喜歡清新的口氣，所以帶著一支小牙膏。

　　太陽快下山了，再不出發的話，到了深夜就不好找

路。妮妮不停催促，我卻賴著不走，要求再休息五分鐘。

荒山中，高處有幾棵高大的樹木，茂密的枝葉形成一片連綿不斷的翠蓋。

我呆坐的時候，目光不經意投向山坡上……在一根根樹幹之間，先是傳來一些轟隆隆的怪聲，然後出現了令人難以置信的怪象。

坡上，忽然間，滾下很多灰色塊狀的東西。

我睜大雙眼，拍了妮妮一下，指著那些迎面而來的滾塊，明知故問：「妮妮，那是甚麼東西？」

妮妮轉頭望了一眼，馬上大喝：「是石頭啊！快拿出《茶花女》！」

一大堆亂石滾下！

而且是大得出奇的大石！衝著我倆而來。

在實際作戰的危急關頭，難免有些手忙腳亂，當我將書拿出來的時候，那一大堆滾石已逼近眼前。

情急之下，我顧不了那麼多，親口唸出書名：

「*La dame aux Camélias*！」

一堵透明牆在我和妮妮的面前出現，時間拿捏得剛剛好，正好擋住了衝力奇猛的石塊，其他大石就由透明牆的旁側高速翻滾掠過。

我的精神力有限，使出來的「絕望的牆壁」有點遜，極限是造出兩米長兩米寬的透明牆，幾乎耗盡了全部精神力，亦只能維持兩秒左右。

《茶花女》這本書有個弊處，就是極度耗損精神力，正常人無法久用。

我精疲力盡了。

山坡上為甚麼滾下大石？

又不是山崩，合理的解釋只有一個──敵人來了！

「*The Chronicles of Narnia*！」

妮妮刻不容緩，從背包裡取出《納尼亞傳奇》，金光綻放，就將亞斯蘭召喚出來。我倆攀上獅背，坐穩之後，抓緊了亞斯蘭的鬃毛，奔向敵人所在的方向。

山林不是獅子的地盤，身形龐大的亞斯蘭無法行動自如，但到了山坡上方，樹幹間隔較為寬闊，亞斯蘭勉強可以通過。

妮妮小心翼翼，目光環視四周，擔心敵人在樹後埋伏，做好萬全的應戰準備。但是，敵人的攻勢忽然停止了，再也沒有大石滾下來。

上到坡頂，竟然一個人也沒有。

只有一堆奇形怪狀的亂石，和颯颯的風聲。

3

坡上別説是人，連鬼影也不見半個。

只有一堆亂石。

敵人逃之夭夭的速度有夠快的，快得有點不可思議。

妮妮皺著眉。

我細想之後，又感到事有蹊蹺。

望向山頂的另一邊，都是坡度很大的陡峭，沒有大樹，只有矮草，一覽無遺。縱使是在晚上，敵人往這一邊斜坡逃跑的話，也必定難以掩藏身影。

就在對方偷襲之後，亞斯蘭已經以全速跑上來──

難道有人會跑得比獅子快？

「你有沒有發覺剛剛滾下來的大石很奇怪？」

經妮妮一問，我才猛然想到剛剛的情況實在不尋常。

「對啊……就像是真的滾下來一樣。」

這是一句廢話。但我這樣説，其實有別的意思──照理説，石頭的表面凹凸不平，應該會以不規則的速度和角度滾下來，但剛剛滾下來的大石又垂直又快，軌跡如同在球道上滑行的保齡球一樣。

那是不合常理的物理現象！我要表達的是這個意思。

地下世界的萬物規律，依然離不開每個人的常識。由此可見，一定是有人使出了書靈的特殊能力，才引致這種異常的現象。

妮妮細心注視周圍，喃喃地說：

「剛剛受襲的時候，我看見山頂有一個人影。真是奇怪……他是怎麼逃走的？」

她望了望上空，茫無頭緒，又推了推亂石堆裡的石塊，還是毫無異樣，那些石塊只是一般的石塊。

我說出自己的見解：

「不是飛走的話，就是躲入地底……像我們用《地心歷險記》那樣吧？」

妮妮卻斬釘截鐵地說：

「雖然這世界有很多書，但所有書靈的能力都是獨一無二的。就算敵人真的飛走，天空無遮無掩，我們絕對沒有看不見的道理。」

揭穿敵人的真面目，以及看穿敵人所用的書靈，這兩者都屬於戰鬥的一部分。

妮妮看著亞斯蘭琥珀色的眼珠，彷彿彼此心靈相通。她指著地面，疑惑地說：「亞斯蘭的嗅覺很靈敏，牠嗅得出來，這裡曾經有敵人的氣味。但奇怪的是……氣味突然就消

失了。」

「這麼說的話……敵人憑空消失了？」

「唉呀，我也想不通呢……」

此事真的大有古怪。

亞斯蘭在附近繞來繞去，還是無法追蹤敵人的行蹤。

有甚麼方法可以令一個人的氣味消失？

未摸清敵人的底蘊就去追擊，沒錯是十分危險的事，但妮妮憂心行蹤敗露，和英軍在法國西南部會合的事情曝光，偷渡的計畫將會更加險阻重重……當務之急，還是要盡快看透敵人逃走的手法，然後追上他，想辦法令他封口〔**我看她是要殺人滅口吧？**〕。

妮妮繼續深思，設想各種可能性。

我就開始偷懶，放下大背囊，一屁股坐在一旁的草地上。還沒坐下，我就發現了一件不得了的事，驚呼大叫，引得妮妮走過來。

「妳看！這裡的草有被壓過的痕跡。」

那道痕跡很淺，要不是仔細觀察，還真的難以發現這樣的事。妮妮喜出望外，輕撫我的腦袋，目光中有幾分讚許之色……可能我想多了，覺得她有這樣的含意：「GOOD DOG！狗奴才做得好！」

　　我倆再騎上亞斯蘭，循著受壓過的草紋追蹤。至於為甚麼有這麼明顯的痕跡，卻沒有留下氣味，暫時來說還是一個難解之謎。

　　沿山坡下去，前方是一個三角形的小草坪，一邊是山巒，另一邊是長嶺。

　　長嶺上是一片叢林，葉茂林深，陽光下映成一片深褐色，恰似一大片巧克力漿，覆蓋了橫山遍嶺。

　　敵人在草上遺下的痕跡有如單輪車的車轍，直通向叢林的深處。

　　入了叢林，我們發現一條繞山而建的路，一排排嵌入泥地的木板，鋪成一段上山的階級。

　　如此看來，這裡是會有人跡的地方，但我就是想不明白，甚麼人要住在深山裡？

　　「要繼續追嗎？」

　　當我看見妮妮兇悍的樣子，便知她不會輕饒敵人，這是多此一問了。

　　由於疑心有人埋伏，亞斯蘭只是慢慢地走，木階的寬度恰好夠牠放上腳尖。我和妮妮騎在牠身上，眼顧四方，小心盯著密林裡異常的動靜。妮妮以防萬一，叫我準備《茶花女》，放在隨時拿得到的位置。

　　亞斯蘭用鼻子嗅了嗅，接著脖子轉過來，用一隻眼睨著妮妮。她霎時會意過來，湊近我耳邊說：「痕跡在這一帶消失了，但敵人的氣味出現了……我們要加倍小心。」

　　突然間，耳邊出現一連串壓碎枯枝的怪聲，隆隆震耳，帶著排山倒海之勢逼近，有如雪崩的先兆。

　　我們身處嶺底，慢慢仰起了頭，望向大斜坡上方。

　　樹影斑駁之間，竟有幾棵大樹沿著山路翻滾下來，正以愈來愈快的速度向我們襲來。

　　先前是大石，現在是大樹！

　　眼前的情況非比尋常，正常來說，一棵樹滾下山，總會東歪西倒的，怎會有那麼順滑的軌跡？我和妮妮也看清楚了，那些不是普通的樹，而是一些有透明圓球包住的樹！每個球的直徑都等於樹的高度！

　　我隨便點算一下，少說也有十棵樹……一顆接一顆，互相碰撞，滾過丫路和疊石，如彈珠台的彈珠般穿隙而下！

　　如果躲不過，「樹球」就會將我們撞下山崖。

　　亞斯蘭不會爬樹，但妮妮似乎充滿信心，就由牠繼續揹著我們衝上山嶺。亞斯蘭果然不是省油的燈，充分善用速度和跳躍力，左一下騰閃，右一下急縱，一一闖過那些滾滾而來的「奇怪大樹球」。

我害怕從獅子背上掉下來，死命地摟緊妮妮的腰，雖然這麼做有佔人家便宜之嫌，但我可不想跌死，便只好冒犯一次⋯⋯可能我想多了，她根本毫不在乎。

當亞斯蘭躲過最後一顆球，上坡的山路再無障礙物，變得暢通無阻。

在山坡上，有一棵非常巨大的樹搖搖欲墜。

我們遠遠看見，有個男人由樹後走出來，一身樵夫的打扮，手裡提著一把大斧。

「莫泊桑！」

妮妮一瞧見對方的臉，就叫出一個名字。

說時遲那時快，那男人拿出一本書，不知使用了甚麼特殊能力，竟然令那棵巨樹懸空而起。剎那間，冒出一個包圍著整棵樹的巨大透明球。他只是輕輕一推，「巨樹球」就順著斜坡的傾斜度，如一座崩塌的大樓似的壓下來。

那棵樹有多高，透明球的直徑就有多長，可想而知，這是數倍以上的膨脹幅度，整顆「巨樹球」大得塞滿了整條山路。

我和妮妮就在正下方，只見它滾得愈來愈快，彷彿變成了一頭氣吞山河的猛獸，遮住了陽光，龐大的黑影覆蓋我們的身體⋯⋯

　　在這條山路上，亞斯蘭跳不過，我們根本無處可躲，陷入一個進退兩難的困境。

　　遇上這情況，唯有直接截停「巨樹球」。

　　我的精神力已經耗盡，這一次只好靠妮妮了⋯⋯那棵樹大得離譜，她能擋得住嗎？

　　妮妮舉起《茶花女》，高聲大喊：

　　「*La dame aux Camélias*！」

　　在我睡著的時候，妮妮好像會獨自練習。

　　這是我第一次目睹她使用《茶花女》。

　　一面不停擴大的透明牆迅速向外展開，一晃眼間，上至蒼穹，橫跨茂林，左右兩端的牆角幾乎伸展到看不見的盡頭⋯⋯猶如有一幢摩天大樓聳立眼前。

　　這麼一面完全透明的牆，巨大得觸目驚心！

　　那棵所謂的巨樹，在透明巨牆前顯得多麼的渺小！

　　我怔怔地看著妮妮。

　　只有真正領略過悲傷的人，才能發揮出書靈的真正力量，召喚出這麼大的透明牆。

　　妮妮到底有甚麼不幸的過去？

　　她的悲傷為何會這麼巨大？

4

透明球殼撞到透明牆之後，頓時碎裂散開，巨大的樹幹轟然橫擱地上，堵住了整條上山的路。

透明牆消失在空氣中。

妮妮一心速戰速決，將《茶花女》交給我之後，繼續闖上山路。

躺著的樹幹不算很高，獅子的跳躍力亦不容小覷，只不過一下騰躍，亞斯蘭就跨越整個樹幹。

沒有大樹阻攔，莫泊桑的行蹤表露無遺，但他只是倒後幾步，竟沒有逃逸的意思。

我大感詫奇，心想：「看著獅子朝自己衝過來，哪有人會不跑的？」

莫泊桑的書靈是特殊能力系，應無抵禦亞斯蘭之力。

正當我們的目光注視在他的身上，突然從旁衝出一個炮彈一般的圓球，正中亞斯蘭的身軀！

這一下始料不及，亞斯蘭在奔跑中被撞倒，妮妮和我一前一後跌下來。還好下面是草地軟泥，我又是屁股著地，所以並無大礙。

本來在我肩上的大背包脫飛出去，掉在地上。

剛剛撞向我的是個圓球，圓球裡有個男人。撞倒我們之後，那圓球瞬即消失，而那人也躺在草地上滾了幾圈。

原來莫泊桑是有同夥的！

這時，莫泊桑又施展那本書的特殊能力──他嘴裡唸唸有詞，一瞬間，就變出很大的透明圓球包著自己。在斜坡上，圓球當然會向下滾，之前的是樹，這一次是連人帶球，向著我這邊直衝。

這就像⋯⋯我想起倉鼠在塑膠球內奔跑的情景。

圓球裡的莫泊桑還不時踏步加速，滾動的速度也就愈來愈快！

「他想搶走我們的背包！」

這個念頭在我腦中一閃而過，我是最接近大背包的人，一站起來，就跌跌撞撞地跑向背包。瞥眼間，亞斯蘭仍俯伏在地，我知牠只是受了輕傷，但妮妮還沒回過神來，趕不及發出指示。

結果我搶先一步抱住了大背包。

一轉頭，莫泊桑已近在眼前！

就在這一刻，他解除了能力，那透明圓球「撲通」的一聲消失了。他輕輕躍起，接著安然著地，位置拿捏得極準，落在我的面前。

　　我還以為會有一番糾纏，拚命抱緊背包。奇怪的是莫泊桑沒有鬥搶，而是湊近我的身邊，輕輕推了我一下。

　　「*Boule de Suif*！」

　　莫泊桑發出低吟的一聲。

　　倏忽間，我不受控制似的輕輕浮起，密困在一個塑膠質地的透明圓球之中，就和莫泊桑之前的狀況一模一樣。

　　莫泊桑和他的同夥合作無間，樹林間又忽然衝出另一個圓球，圓球裡是另一個男人。就像撞球一樣，那圓球以巧妙的角度撞向我。

　　砰嘭！我在圓球裡失去平衡，只知上下顛倒，昏頭轉向，自己的膝頭撞上自己的鼻尖。

　　我在快速滾動的圓球裡打滾，背包裡的東西都掉了出來，我知道有項運動叫草地滾球，而我現在就是那個滾球。滾呀滾，天旋地轉之際，我看到綠地，也看到泥濘，最後是看到斷崖……

　　斷崖！？

　　我正以為自己這次必死無疑，沒想到斷崖下面是個小湖泊。撲通！我在深綠色的水底沉了一沉，然後浮上水面。因為身在圓球之中，所以沒有弄濕，我的身子暫時無恙，由背包掉出來的東西都完好無缺。

　　但轉了那麼多圈，我頭暈得要命。當我稍為清醒了一點，就伸手敲了敲圓球，不敢太大力，瞧著球外靜止的湖水，心裡有一點慌。老天啊！我祈求這個圓球有一定的質量保證，要是外殼破裂，有水漏入來可就慘了。

　　依我看，莫泊桑那夥人熟悉地形，知道這裡有個湖泊，所以就將我撞來這個方向。

　　天色昏暗，四周垂柳葉影搖曳，湖泊就像一片深綠色的沼澤。圓球隨水蕩呀蕩，而我就在裡面不停搖呀搖，就算跳了一支霹靂舞，也無法漂回十多米外的泥岸邊。我無法脫身，只好呆呆站著，期盼會有好心人來施救。

　　妮妮騎著亞斯蘭由樹林裡跳出來。

　　她看著我在飄浮不定的圓球裡無助的模樣，竟然幸災樂禍地笑了出來。但離岸有段距離，她未能立刻救我，盯了我這邊一眼，就別過了臉。

　　下一刻，莫泊桑也由樹林裡走出來了，手裡捧著一本打開的書。

　　接著再有四個圓球由另一邊滾過來。每個圓球裡也有人，都是身穿破爛布衣的大人。他們駕輕就熟，一邊踩著內殼，一邊控制圓球的去向。四人一集合，便移轉到莫泊桑那邊，一齊與妮妮對峙。

莫泊桑是個青年人，高鼻梁，撲克臉，看上去有點嚴肅。他身材中等，虎背熊腰，臉上有兩撇大八字鬍，一身粗豪的綠衣，很有男子氣概。

「這就是我這本《羊脂球》的特殊能力——滾滾球。只要是可以觸摸的東西，我都可以為它造出圓球外殼……」

圓球內外不透氣，難怪可以隱藏氣息，用滾的方式下坡，當然比獅子還跑得快。

莫泊桑只說了一半，妮妮就打斷他：

「可惜，你的書是特殊能力系的，毫無攻擊力。一、二、三、四、五……你們有五個人。人多又怎樣？我的書靈是一頭猛獅，可以割破圓球，再咬斷你們的脖子。」

雖然我在湖上漂浮，但離岸其實不遠，看得見妮妮和莫泊桑的嘴唇。

〔靈魂之間的溝通很特別，既是傳聲，亦是傳意。就算聽不清楚話聲，只要盯著一個人的嘴唇，就可以意會他的意思……對，就跟讀唇語一樣！〕

莫泊桑捋著自己的鬍子，曖昧地笑了笑，往我這邊瞟了一眼，有恃無恐地說：「我可以造出圓球，也可以令圓球消失。只要我解除能力，妳的同伴就會沉下湖底……妳應該明白，他就是我的人質！」

　　妮妮會救我嗎？我在心裡嘟噥。

　　沒想到，妮妮不假思索就答：

　　「他的死活與我無關！」

　　我嚇得面色鐵青。

　　見死不救？她不會這麼絕情吧？

　　我明白了，這是談判策略，一定是談判策略……

　　妮妮在岸邊大聲叫喊：「方士勇，你放心，你遇溺身亡的話，我一定會幫你報仇的！」

　　我才不要死呢！

　　嗚，她賣友求勝的話，我做鬼一定不會放過她……

　　莫泊桑不敢靠太近，用威脅的口吻喊話：

　　「如果妳的朋友懂得游泳，他還不會死……不過，妳不疼惜他，也會疼惜妳的書吧？我猜，背包裡應該有不少書吧？書濕掉了，就有可能不能再用，或者永沉湖底……」

　　我忽然想起一件事……我是懂游泳的。只是情緒過度激動，我才一時想不開，以為自己死定了。

　　聽了莫泊桑的話，妮妮的面色沉了一沉……

　　她果然覺得書本比我的性命更加重要！這個沒心肝的惡婆娘！要是談判失敗，我一定只顧自己，才不會幫她去救書呢！

妮妮屈服，下了指示，叫亞斯蘭靜伏一旁，而莫泊桑等人始終和她保持距離。

兩人你一言我一句，莫泊桑要妮妮妥協，先棄置手上的書。只見妮妮蹙著眉，不說話，我知道她心裡正在大罵：「你當老娘是白痴啊？」她不甘示弱，操縱亞斯蘭大吼一聲，下一個馬威，嚇得五個大男人匆匆後退。

到頭來，雙方達成共識，竟然要以決鬥來解決紛爭。

5

決鬥？

在這個世界，雙方一旦互不讓步，最快的解決方法就是決鬥。

我知道，在昔日的歐洲，私下決鬥是合法的行為，死人不用償命。決鬥的形式千奇百怪，例如可以鬥劍，可以背對背轉身開槍……原則上，只要雙方同意，互相扔磚頭也可以。但決鬥生死攸關，決鬥者當然會選擇對自己最為有利的形式。

妮妮和莫泊桑言來語去之後，終於達致了共識，決鬥形式是「問答砰砰砰」。聽起來，這是當今世代很流行的決

鬥模式，以一問一答的方式來進行對決，鬥智較量知識淵博
的程度……真是一個書呆子的世界！但這樣做不用流血，確
實文明得多。

誰是發問的一方，誰是回答的一方，本來該由擲幣來
決定。但莫泊桑讓妮妮先選，她想了一想，就決定要當回答
的一方。

裁判是莫泊桑那邊的人。

他態度嚴謹，嘰哩咕嚕地說：

「這是由上帝見證的決鬥，一切過程合乎公平公正的
原則，雙方務必遵守決鬥前定下的承諾──莫泊桑先生負責
發問，如果這位小姐全部答中，他會釋放人質和書。否則，
她輸了的話，就要乖乖就範，交出所有的書，綁住自己的雙
手投降。雙方同意這樣的條件嗎？」

妮妮和莫泊桑分別點了點頭。

說起來，真的很詭異，怎會忽然變成問答環節的？

我在圓球裡坐著，一方面希望妮妮答對問題，這樣我
們就可以脫險；一方面又很想莫泊桑取勝，幫我挫一挫妮妮
的銳氣。

裁判又再宣告：

「回答的一方，有權決定問題的範疇。」

這是妮妮最大的優勢，她可以選擇自己擅長的題目。

既然她要當答題者，心中當然早就有了決定：

「歷史。只要和歷史有關的問題，我都可以接受。」

我記得，她的記憶力超強，歷史科的成績總是滿分，所以我認為她這個決定相當明智。

莫泊桑聽了，滿懷自信地說：

「我不反對。」

砰砰砰，就是三次發問的機會。

這場決鬥的規則，就是由莫泊桑發問三次，如果妮妮完全答對三題，她就會大獲全勝。反之，她只要答錯了一題，就等於被擊倒，輸了這一場決鬥。莫泊桑不能胡亂發問，他的問題必須有確切的答案，自己亦必須懂得回答。

莫泊桑繞著雙臂，問出第一個問題：

「歷史上著名的普法戰爭在哪一年開戰？」

普法戰爭？這種考年分的歷史問題真是折騰人啊！這下子可糟糕了，我和妮妮只有中三程度，教科書從沒教過這樣的內容……

妮妮是個急性子的人，沒有猶豫，立刻回答：

「1870年。」

她有的是真才實學！

　　莫泊桑先是一怔，然後輕輕拍了兩下手掌，似乎認為妮妮是一位可敬的對手。他喊出一聲「正確」之後，雙手揣在口袋裡，低頭沉思了一會。

　　他咬了咬唇之後，再次提問：

　　「聽著，第二條問題——我不同意你的觀點，但我誓死捍衛你說話的權利[1]——這句歷史流傳、世人皆知的名言，出自哪個名人的筆下？」

　　世人皆知……但我就是無知。

　　這麼深奧的名言，我還是第一次聽見呢……

　　「伏爾泰——」

　　妮妮好像有意作弄對手一下，說到這裡，忽然停頓了一下。她擺出一個調皮的表情，才繼續回答：

　　「——不是正確答案。很多人——甚至連法國人——都誤傳這句話是伏爾泰說的，但其實是一位女作家說的。我沒記錯的話，她的名字是伊芙琳・比阿特麗斯・霍爾〔Evelyn Beatrice Hall〕，她就是伏爾泰傳的作者。」

　　莫泊桑的兩條眉翹起來了，彎得十分滑稽，也不知是驚歎妮妮的記憶力，還是訝異她年紀輕輕，竟然有這麼豐富的學問。

　　太好了！妮妮果然是超級讀書人！

[1]原文為：I disapprove of what you say, but I will defend to the death your right to say it.

再答對一題就可以脫險了！

有言在先，莫泊桑就要放過我這個人質，而我對前景感到相當樂觀。時間也不早了，我脫險之後，差不多可以舒舒服服睡上一覺。說起來，還真是有點睏呢⋯⋯

莫泊桑低著頭沉思起來，他的臉變得嚴肅，有幾分憂慮，緊鎖的雙眉難以分離。然後他深呼吸一口氣，問出最後的難題：

「我要問的是月分的歷史由來。在英語和法語中，月分的叫法都差不多。英語和法語都源自拉丁語，在拉丁語中，字根『OCT-』是『八』的意思，字根『DEC-』是『十』的意思。但為甚麼十月是『OCTOBER』，而十二月是『DECEMBER』？」

這是腦筋急轉彎的題目嗎？

話說回來，他的問題發人深省，我學了英語這麼久，也沒想過月分名稱的由來。

八爪魚叫「OCTOPUS」，八邊形叫「OCTAGON」，十進位的英語單詞是「DECIMAL」⋯⋯古人不會拼錯字吧？但為甚麼十月和十二月的名稱有違常規？

不過，我一點也不擔心，妮妮才高八斗，簡直是《大英百科全書》的投胎轉世，所以我對她很有信心！

「你的問題考倒我了……」

妮妮性格剛烈，説一是一，説二是二，連碰運氣瞎猜也懶得瞎猜。她一直想得入神，想不到居然是不懂。

「我不知道答案。」

妮妮面有難色，説出這句話，即是投降了。

我隔著塑膠球，對著泥岸那邊大喊：

「妳不知道答案？妳怎會不知道的？」

明明是她自己笨，卻反過來發脾氣，朝我這邊大叫：

「不懂就是不懂嘛！他這問題太狡猾了，我又不是冷知識方面的專家！」

雖然莫泊桑對我們沒有殺意，但他將會奪走背包裡所有的書。失去了五環書的話，我們此行就是前功盡廢。

妮妮表面若無其事，但我見她撅了撅嘴，便知她心裡是頗沮喪的。

莫泊桑繃著臉，再問一次：

「這麼説妳是認輸了？」

妮妮長歎了一口氣，回答：

「我認輸了。」

説罷，妮妮為了叫對方安心，便蓋上書本，亞斯蘭瞬即化作一團金光。

　　莫泊桑一直不苟言笑，還以為他是個不愛笑的大叔，這時難得有一絲笑容掛在臉上。

　　「答案是——西曆起源於古羅馬曆法，古羅馬曆法本來只有十個月，但後來改曆法，加入一月和二月，因此其餘的月分就往後順延。本來是十月的『DEC』變成了十二月，『OCT』由八月變成十月。」

　　哦……妮妮居然還有心情合手讚歎，露出恍然大悟的表情。

　　莫泊桑使用《羊脂球》的特殊能力，用岸邊的大石造出一個大透明圓球。他發出指示，其中一名手下就爬上了圓球頂，再在圓球上站立。那人看來受過專業訓練，左一腳右一腳，耍著小丑踩球一般的雜技，在水面上也能保持平衡，踩著球朝我這邊滑來。

　　在湖中央，我靜靜等待，目光透過圓球看過去，那人很快來到我附近，又見他輕輕一個縱身，就跳上我頭上的圓球頂。他保持平衡之後，再用同一樣的方法，踩球涉水前進，回到泥岸那邊，其他人過來幫忙，就推著包住我的圓球上岸了。

　　莫泊桑捻起指頭，打了一下響指，我外面的圓球即時消失。

　　我將所有書捧在懷裡，向著妮妮大喊：「我安全了！快叫亞斯蘭出來！咬他們啊！」

　　但是，妮妮竟然無動於衷，眼神極是不屑，搖著頭說：「方士勇！這麼卑鄙的主意，虧你說得出來！你是卑劣的低等生物，我可跟你不一樣……」

　　人和書都已經歸岸了，明明可以恃強行兇，但妮妮沒有這樣做。莫泊桑曉得妮妮是個信守承諾的人，臉上也有幾分讚許之色。

　　我歎了口氣，聽從妮妮吩咐，將所有書拿到莫泊桑面前，雙手奉上。

　　莫泊桑逐一翻看我們的書，掩不住心中的驚訝，大聲叫嚷：「《小王子》、《茶花女》……居然還有雨果的《孤星淚》！我感受到書靈的能量……天呀，都是真的原著！你們是甚麼人？為甚麼會有這麼多本罕貴的書？」

　　就在此時，有人由樹林裡走了出來，我認得是莫泊桑的手下。岸上本來有五個大男人，忽然少了一個，原來是去了替莫泊桑辦事。

　　那人高舉右手，捏著一卷報紙。

　　他跑過來的時候，急得氣呼呼的，對著自己的同夥，指著妮妮大叫：「這個女人……她是法國有史以來賞金最高

的通緝犯！」

6

　　報紙上刊登了通緝令，照片中人正是妮妮，罪名是叛國罪。

　　莫泊桑等人一邊傳閱報紙，一邊交頭接耳。

　　我偷聽到有人這麼說：

　　「是真的⋯⋯拿到這筆賞金，就會立刻變成全法國最有錢的人！」

　　這下子糟糕了，當他們知道了妮妮的價值，就不會輕易放過她了⋯⋯

　　莫泊桑走近妮妮，再重複一次問題：

　　「妳到底是甚麼人？做了甚麼叛國的事？」

　　「除叛國之外，我無懼任何罪名。」

　　妮妮眼底裡有一絲焰光閃過，繼續為自己辯護：

　　「我是一個真正的法國人，甘願為法國犧牲我的生命。我們拯救法國、拯救世界的希望，都寄予在這些書上，你們可以拿我去換取賞金，但請不要奪走國家的未來。我懇求你們給我幾天時間⋯⋯我發誓，等到我完成任務，我一定

會回來這裡，任由你們處置。」

這番話説得大義凜然，實在不敢相信是出自一個女子之口，我看哪怕是敵人聽了，也不禁會為之動容。

莫泊桑露齒大笑，雙眼射出凌厲的目光。

「妳知道我們是甚麼人嗎？我們都是躲在山裡的罪犯。妳落在我們的手中，真是天意弄人……哈哈，在巨額的財富和國家之間，一個真正的法國人，他會選擇何者呢？答案很明顯……」

莫泊桑説到這裡，突然欠一欠身，向著妮妮單膝下跪。其他男人也是一樣，左手扶在右胸前，右手脱帽，微微前躬，表情十分恭謹和誠懇。妮妮會意過來，讓莫泊桑親吻自己的右手……這是哪個年代的紳士禮儀啊？

這幫山賊，態度為甚麼有了一百八十度的轉變？

我看得一臉愕然。

「這位值得尊敬的女士，今晚的事是一場誤會，請妳原諒我們。大仲馬政府全力通緝的罪犯，就是和我們同一陣線的夥伴！」

原來……原來莫泊桑他們不是壞人？

莫泊桑個性敢怒敢言，寫了很多諷刺文章，得罪了大仲馬。他為了逃避追捕，隱居在山中。官逼民反，不少通緝

犯過來投靠莫泊桑，聚集的綠林好漢愈來愈多，慢慢成立了山寨。近日法國軍隊在山下駐營，莫泊桑等人出來戒備和視察，看見我和妮妮誤闖上山，便以為是外敵，費了一大輪工夫才弄清了真相。

莫泊桑說得慷慨激昂：「我們都是法國人，可以無條件地愛國。但我們愛的是我們的祖國，而不是任何君主或任何政權。愛國主義醞釀出戰爭，但可以中止戰爭的力量，偏偏又是每一個人的愛國心。可惡的獨裁者利用了警力，利用了軍人，來對付我們這些真正愛國的人……我們一定奮戰反抗到底！大仲馬，滾蛋吧！」

國家，一國如家，不是應該屬於每個子民嗎？

一個家，人人都是家人，又豈會只屬於一個人？

我自幼就覺得，法國人是最高貴最傲慢的地球人，從來不知他們會有這麼剛烈的一面，可以為高尚的理想付出性命。

「莫泊桑先生，你熟悉這一帶的環境。我想向你請教，有沒有其他的路，可以繞過法軍的路障？」

化敵為友之後，妮妮說出我們現時遇到的困難，關於五環書的事，她都如實相告，簡略說了個大概。眾人聽了，瞧著她的目光更加多了幾分敬意。

　　莫泊桑看了看地圖，思索片刻，就說：

　　「路只有一條，法軍守住了必經之路。沒有路可走，但不代表沒有方法……我想出了一個方法，應該行得通。你們跟著我走吧！」

　　我和妮妮互望了一眼，喜出望外。

　　沒想到會因禍得福，不僅沒有失去手上的書，還獲得莫泊桑的幫助，整件事的發展真是出人意表。不過，世上很多事也是出人意表，正如妮妮明明是個愛讀書的文學少女，誰會想到她也是個動不動就揍人的暴力狂呢？

　　穿過斜斜的山路，莫泊桑帶領我和妮妮，來到了山腳下。水聲愈來愈澎湃，當他撥開了草叢，眼前就出現了洶湧沄沄的溪澗，一波接一波的急流向下翻騰。

　　整條溪河寬得像一條大馬路，水勢又急，沒有橋的話，過不了對岸。

　　莫泊桑轉身向著我和妮妮，說道：

　　「只要到達河的下游，就可以繞過軍方的路障，繼續按照你們的路線進發。河流中間會有幾段瀑布，划船的話，一定會翻船……但你們用我的書，大約半個小時之後，就可以安全到達下游。」

　　沒想到莫泊桑慷慨大方，竟然送上《羊脂球》。

妮妮感到不好意思，遲疑地問：

「這麼貴重的書，你真的要給我？」

莫泊桑言重心長：

「白紙上的黑字都有赤裸的靈魂。現在，我就將我的靈魂交給妳。我相信自己不會看錯人，法國的命運就在妳的手中。《羊脂球》是短篇小說，以妳的資質，應該很快可以掌握它的能力。」

妮妮閱讀的速度驚人，前前後後不到十五分鐘，就讀完了整本書。莫泊桑會心一笑，似乎很欣賞她的才能和天分。他又給了我們一些蠟油布，這東西可以防水，最適宜用來包住貴重的書。

「*Boule de Suif*！」

妮妮牽著我的手，唸出書名，一眨眼間，就造出一個包圍著我倆的大圓球。

「Bon Voyage」是「一路平安」的意思，莫泊桑一喊出這句祝福的法語，便用力將我倆置身的圓球推到水裡。他的身影愈來愈小，我倆在河溪裡浮浮沉沉，順著水流漂向彷彿漫無止境的盡頭。

溪水左彎右拐，源源不絕的水流推波助瀾，我和妮妮很快適應了暈頭轉向，就當是在玩半個小時的機動遊戲。

　　轉眼間，就到了傾斜的河床，而斷崖一般的瀑布就在眼前。

　　「哇呀！」

　　當圓球向下急墜之際，我和妮妮妮同時尖叫出來。

　　真是驚險刺激！

　　因為離心力，我的背部撞到圓球的頂部，懸空了一會，就沉到了水裡。嘩啦嘩啦，瀑布由高空灌下來，有如雷鳴貫耳，激起一團團白色的水花。圓球有一定的硬度，整個濕透，卻滴水不漏，「滾滾球」真是既有趣又有用的能力。

　　哈哈，我有點期待再來一次。

　　沿著水流繼續漂呀漂……我們相當幸運，沒有卡在石縫，又沒有撞破圓球，有時累了，就索性坐下來，看看兩岸綠意盎然的風景。

　　到了下游，水流逐漸轉緩，時候也差不多了，妮妮便解除了特殊能力。要令包圍我們的圓球消失，非要用到《羊脂球》不可，這本書等於是一個遙控器。

　　這裡是淺水區，水流剛好淹過膝蓋，我們小心踩著溪澗的礁石走，很快就上了岸。

　　山谷裡飄溢著花香，枝頭的萼片隨風起舞，恍如人間仙境。

雲霞萬紫千紅，這是太陽快下山的徵象。

晚上不宜趕路，我和妮妮也累了，正想找地方搭起帳篷休息，經過一個山坡，在坡間有一片花田，長滿一些紫藍色的小花。在黑沉沉的夜裡，那些小花竟會發光，如遍地的夜明珠，珠爍晶瑩。

妮妮難得露出天真可愛的一面，走向花海，笑盈盈的蹲下來看花。

她告訴我，這種紫色的花是地下世界獨有的品種，名叫「十月鳶尾」，入夜之後就會發出紫光。鳶尾花有三枚花瓣，法國王室徽章上的花紋，就是起源自這種花。

在這片溢著花香的地方，我們搭起了帳篷過夜。

我做夢也想不到，妮妮會成為我的枕邊人，睡在同一個帳篷裡……別想歪了！只要我敢動她一根汗毛，都會被轟出帳篷外面。不過，我從來沒有到過朋友的家裡留宿，像這樣和朋友在臨睡前聊天，將會是很難忘的回憶吧？

在黑蒙蒙的帳篷裡，泛起妮妮的聲音：

「你最好有心理準備，我要去英國一趟，之後才能帶你回去原來的世界。」

「這樣也不錯啊……為了世界和平而蹺課，這是多麼棒的理由啊！哈，妳放心啊！我根本不喜歡學校，曠課對我

來是家常便飯。」

「說得也是。你這傢伙，本來就是個壞學生。」

我笑了一笑，接受她對我的「讚美」。

大人都期望看見我們長大，但他們又怕我們反叛和學壞。可是，如果一個男孩不冒險，他就永遠無法真正長大。

地下世界的穹頂是特別的，那是一片想像的星空。星星連成的星座，偶然會幻化成神話角色，像今夜，大力士海克力斯踩了幾下腳，天琴座也在彈奏悲傷的旋律。

星空下，蓋著薄薄的布被，我會說出沒頭沒腦的話：

「妳知道我的夢想是甚麼嗎？」

「你這種人吊兒郎當，竟然有夢想的嗎？」

「妳可別瞧不起我！我的夢想就是成為騎士。」

「騎士？」

「對！我要當騎士，為正義而戰！就算妳不求我，我也會保護妳！」

我說出這麼害羞的話，不禁臉紅耳赤，整個頭縮入了被窩。騎士是我玩RPG遊戲時，最喜歡選擇的職業。來到這世界，我覺得可以追求自小崇尚的騎士精神。可是，現階段，我只是個很弱的傢伙，剛剛的話似乎有點大言不慚……

妮妮卻沒取笑我。

隔著薄被，我聽見她輕細的聲音：

「我期待這一天。」

Chapter 6

三個火槍手

Les Trois
Mousquetaires

第六章

三個火槍手

Les Trois Mousquetaires

1

我是個不愛讀書的人。

對我來說，書本是最有效的「令人頭痛藥」。

但，這一次，我竟然違背了自己的本性，第一次和別人搶書看。

《羊脂球》是一本很好玩的書。

我竟然會讚美一本書？我竟然從閱讀之中找到樂趣？嘿嘿嘿！要是被我氣得吐血的小學老師聽到這種話，他一定以為是神明顯靈，一下子太激動，就會捐出一個月的薪水給宗教團體。

說到底，我只是貪玩，想學用《羊脂球》的特殊能力。我喜歡「短篇小說之王」莫泊桑，他筆下的《羊脂球》

篇幅不長，我僅僅用了一個小時，就已經讀完。然後我又用了半天時間，向妮妮請教這篇小說的主旨和重點。

我果然是天才，才領悟不久，就掌握了《羊脂球》的用法，成功造出包圍自己的透明泡泡球。這東西的外殼就像塑膠扭蛋，圓滾滾的透明球，但保護性不夠強，一正面撞樹就會整個碎裂。

只要我摸著一件東西唸咒，就能為它造出球狀外殼，而外殼的大小與物件的質量是正比例的關係。

用這方法來代步，真好！我就像個踩滑板的初學者，腳下踏控泡泡球，玩出樂子，一忽兒在邊坡之間來回滑擺，一忽兒繞著妮妮轉來轉去。

「你鬧夠了沒？」

妮妮心裡不爽，一腳將我踢下山坡，幸好我福大命大死不了……

由我進入地下世界的第一天開始計算，至今已過了七天。我們正在前往的地方，就是法國西南部一個叫拉羅歇爾的港口城市。

朝夕相對之下，妮妮與我也慢慢發展出牢固的感情，不過是一種疑似主人與奴隸之間的感情……有時候，我不聽她的指示，她就會在共騎亞斯蘭的時候將我推下獅背，殺人

未遂之後，又會出言恐嚇我，說甚麼要在那個荒涼的地方丟下我……

搭帳篷拆帳篷拾柴燒柴，這些瑣事全部由我負責，除了她的內衣褲，所有衣物都是由我來清洗……

她簡直欺人太甚！

我打從心底明白了自由和人權的可貴，但在無力反抗之下，我只好一次又一次對強權屈服。

直到目前為止，我真正會用的書只有三本：《納尼亞傳奇》、《羊脂球》和《茶花女》。

我這個人讀書很講究原則，就是太厚的書一定不讀〔**《孤星淚》絕對在黑名單之上**〕。而太深奧的書，我讀了也是白讀〔**我用《小王子》，只能發出燈泡亮度的光**〕。至於《黃·五環書》，我是碰也不敢碰的。

我和妮妮非常幸運，後半段的旅途平安無事，沒有捲入任何戰鬥，看來「學不致用」亦並非甚麼壞事。

「這場遊戲的致勝規則很簡單，只要我們成功將五環書送到英國，就是我們的勝利。」

妮妮的家族有本代代相傳的「書靈百科全書」，記錄了大部分古書的資料，其中最強的書就是五環書。五環書合共五本，分別是《黑·五環書》、《紅·五環書》、《黃·

五環書》、《藍・五環書》及《綠・五環書》。

　　只要齊集五本書，就能解開古老的封印，召喚出「黃金五環戰士」……

　　那就是足以永遠統治世界的終極力量！

　　「英國是四面環海的島國，比較容易防守，浮士德的軍隊無法入侵……英國是對抗浮士德的最大勢力，所以我要借助他們的力量。要是浮士德得到了所有五環書，這世界就是沒救了。」

　　「我不明白。既然不想他得到五環書，妳直接把書毀了，不就一了百了嗎？」

　　「無論你怎麼燒一本書，還是會有灰燼留下。《國富論》的書主曾為了阻止浮士德的陰謀，真的把書燒掉……可是，浮士德有一本書——《物種起源》——居然有修復圖書的特殊能力。」

　　「哪有這樣的……作弊！這是作弊！有了這樣的書，他豈不是無敵嗎？」

　　妮妮的眼神總是冷冰冰的，但這雙眼中，有著堅決的意志。

　　「只要他未得到所有五環書，還不是真正的無敵。我們手上的五環書有多重要，你終於明白了吧？保住它，我們

拯救世界的計畫才有一線希望。英國王室有一本書，它的特殊能力是『封書鎖』……我們可以用它來封印五環書。」

難怪她冒這麼大的危險，吃盡了苦頭，也要將這本書送到英國。

法國平原遼闊，大城小城以外，都是田園風光，雖然景色怡人，但我看得多了，還是會覺得沉悶。我是在高度文明世代出生的城市人，過不慣晝夜趕路的生活，但為免妮妮看扁我，只好硬著頭皮撐下去了。

在野外走了七日七夜，我精神和靈體上的疲累，差不多到了崩潰的邊緣。

這一天，終於看到了海岸線。

如果路牌上的字沒騙人的話，再走五公里就能到達拉羅歇爾市。

我和妮妮沒有進城，卻來到了城外的海灘。

原來地下世界的海洋是金黃色的——

我記得在電視上的探索頻道節目看過，水是無色的，因為會吸收紅光，而對藍光的反射力較強，所以海水在晴天之下呈現藍色。地下世界的光源並非太陽光，光譜不同，海水隨著陰晴不定，也在不停變化，波紋閃閃發亮，泛起了香檳一般的金黃色。

就算海洋不是藍色的，也是美不勝收，令我心中的快樂指數直線上升。

現在是漲潮的時間，海水淹得特別高。

我用手舀了一把海水，海水果然是透明的，但溫度是暖的〔**可能吸收了地熱，就和溫泉一樣**〕。我洗了個臉，精神為之一振，凝視手腕兜著的海水，有想過要嚐一口，卻打消了這個念頭。

靈魂不需要喝水，但喝了水之後會怎樣？

這個問題嘛，我親自做過實驗，水會直接流出來，後果就是「尿濕褲子」。如果吞下東西，那東西就會在你走路的時候，忽然由屁股掉出來，感覺非常奇怪。

紅天金海是很壯麗的景觀，恍如置身在落霞的紅河谷一樣。

「來到這裡，我們真正安全了。」

妮妮鬆了一口氣。

這裡就是她和英軍約定的地點。

「太好了！時間剛好趕上了。」

聽到這句話，我別過臉，就看見妮妮從大背包裡取出一物。那是一個閃爍著紅光的小圓盤，應該是一種發出訊號的儀器。她亦拿出了雙筒望遠鏡，察看海面上的動靜。

妮妮向我揭開密令的解讀方式，「(（●）」代表了月亮週期之中的新月〔**左邊的月亮圖案是白色的，表示圓點中白色的部分是月光**〕。她與英軍約定的日期，就是在這個月新月的當天，在漲潮的時間會合。

我討厭讀書，但常識豐富，立刻就想起來了──

在新月和滿月的時候，漲潮的水位會漲得特別高。反過來說，如果水位太淺，英軍派來的船就會擱淺，無法駛近岸邊。

等了一會，那小圓盤的紅光閃得愈來愈快。

大海的遠端，出現了八個黑點。

「那是甚麼東西？」

妮妮把望遠鏡借給我。

我忍不住哇哇大叫：「天呀！」

那可不是一般的船……

望遠鏡裡對焦的海面上，竟然來了一排軍艦！

2

遠遠的地平線那邊，八艘大型軍艦正一列排開，逐浪續航而來。妮妮笑說，那是大不列顛帝國最引以為傲的海上

艦隊。

哇！英國派出這麼龐大的海軍來護駕，真是很令人吃驚。太厲害了！我不得不相信，妮妮的身分原來不簡單，她的角色果然等同左右世界大局的外交官。

艦隊到達某個位置就停滯不前。

其中一艘軍艦脫離艦隊駛出，來到較接近海岸線的水面。這麼大的軍艦無法駛進淺水的海域，但在這個距離，我已經看出那是一艘裝甲巡洋艦，前端是很長的甲板，艦體中央是雙層炮台和司令塔。

妮妮召喚出獅王亞斯蘭，獅王長聲一吼，巨聲彷彿響遍了整片海面。在沙灘上出現獅子是很詭異的事，妮妮出示亞斯蘭，即可證明自己的身分。

轉眼間，只見一條橡皮艇由巡洋艦那邊疾馳而來，順著風，破浪急進。

艇上有個男人戴著大蓋帽，穿著白色夏禮服，一副高級將官的模樣。

快艇一抵達，妮妮就上前和那人相擁。

那人四十多歲，留著金色的八字鬍，本來很有威嚴，這時激動起來，不禁真情流露，就像對待久別重逢的女兒，和妮妮一共擁抱了三次。

妮妮指著我，説：「史蒂文森先生，這位是我的朋友，方士勇。」

照妮妮恭謹的態度來看，這位大叔應該是一個有名的作家，於是我也恭恭敬敬地上前，和對方雙手相握，誠懇地説：「久仰大名！」

我佯裝成很仰慕對方的樣子，卻連對方的名字也記不清楚，一轉頭，我悄悄問妮妮史蒂文森寫過甚麼書，妮妮只是翻了翻白眼。

橡皮艇上有一名駕駛員，史蒂文森帶著我和妮妮上船，喝出一句軍令，那駕駛員就以雄厚的聲音回應：

「遵命，上校！」

眾人還沒坐穩，隨著一陣陣馬達啟動的震顫，橡皮艇就加速向著巡洋艦進發。

這樣的巡洋艦我只在電視的畫面上見過，簡直就是海上的裝甲巨鯨。

近距離看軍艦，真的好大好大，我一想到可以登艦，興奮的心情就蓋過了對未來的憂慮。

橡皮艇來到舷側，吊艇柱的滑輪系統垂下索帶，連人帶艇吊起。我緊握橡皮艇的握手，俯瞰著左歪右斜的海面，緩緩升上半空，感覺猶如在玩刺激的機動遊戲。

「歡迎登上HMS山姆號！請大家向我們的英雄敬禮。」

史蒂文森致辭，全員脫帽行禮，向妮妮歡呼喝采。這時我沾了妮妮的光，也同樣受到禮待。接著，史蒂文森向妮妮告辭：「抱歉我要回去主艦那邊負責領航。英國見！」

主艦是最大的，其餘軍艦的大小都差不多，艦殼主體都是白色。我們所在的巡洋艦，特點是具備很長的甲板。皇家海軍有個傳統，會以受歡迎的小説角色來為軍艦命名——主艦叫HMS格列佛號，另一戰艦就叫HMS弗蘭肯斯坦號。

船員向妮妮交代的話，我也在旁聽見。原來八艘軍艦中有七艘都是擾亂敵人視線的護航艦，假如在海上遇襲，敵人也不會知道哪一艘艦上有五環書。

八艘軍艦起航，浩浩蕩蕩！

向英國的國境出發！

在海風吹拂之中，艦隊排成直線航行，前方的軍艦負起探測的任務，為後方的軍艦開路，而我和妮妮所乘的軍艦排在第五的位置。

登上這麼棒的軍艦，我和妮妮童心大發，當然就會四處逛逛。艦上的人員不多，炮台的數量比較少，我問了問別人，就證實了我的想法，這艘確實是巡航艦，即是艦隊中機動性最強的型號。

司令塔的底座就是船長室和掌舵艙，沿著鐵梯可以爬上塔頂，最上層是瞭望臺，凸出的桅杆裝滿了雷達裝置。沿著狹窄的走道，我也參觀了炮塔、住艙和彈藥庫。

書靈是軍事上最重要的力量，但蘊含書靈的典籍始終有限，所以各國仍需依賴基本的軍事設備。

整艘艦真的很大，走完之後，我竟然有點氣喘。

最後，我倆逗留在船尾的甲板上，一同看海。

我偷瞧了妮妮一眼，紅霞映在她薔薇色的臉頰上，照得雙眼水汪汪的。她再長大一點的話，一定會成為令人驚艷的大美人吧？除了我之外，應該沒哪個男生看了她這個迷人的模樣而不心動吧？

妮妮忽然吐出一句：

「很抱歉。我害你捲入這裡的戰爭之中。」

這番話觸動了我的心弦，我有點感動，伸手按著白色太陽椅的扶手，憶起之前受到的種種虐待，頓時覺得挨打挨罵都是值得的。

我也不害羞，說出心底話：

「這是畢生難忘的旅程。我也說不出為甚麼……我覺得這個世界很有趣，很適合我——除了要讀書這件事！我不怕戰爭，不怕打仗，卻很怕讀書啊！」

妮妮與我傻嘻嘻相視而笑，金黃色的海面上輝映著友誼的光芒。

來到異世界，雖然驚險重重，但處處新奇。

我相信就算我在地上多活幾百年，也未必可以有這麼難忘的經歷。

可以和妮妮一同冒險，對我來説實在是很好玩的事。

「嗯……一切很快就會結束的。」

只要將五環書送到英國，她就會完成重任，至於拯救世界這麼困難的事，應該會由更加厲害的大人負責。

妮妮和我享受午後的時光，一同躺在太陽椅上小睡。

……累了。倦了。

……就一同做個美夢吧！

……這才是並肩作戰的朋友吧？

當我睜開眼的時候，天色已經昏暗下來，即將入黑，傍晚快到了。

眼前的海面一片大霧瀰漫。

霧不算很濃，但有如一層薄紗，包圍著四周，只剩船桅的尖端依稀可辨。

妮妮也醒來了，目光猛地一亮，立刻衝近船尾的欄柵。她看了周圍一眼，就驚叫出來：「糟糕！我們怎會脱隊

的？」

經她一說，我才察覺到這一點，前方的艦隻統統不見了，整片大海上，只剩下我們這一艘艦。

而我倆所在的巡洋艦彷彿無人駕駛一樣，漸漸駛進一片波濤暗湧的海域，顛簸的地板晃上晃下，搖得我的心情七上八下。

幸好大背包一直不離身，妮妮拿出指南針，不禁皺起了眉頭，惶惶不安地說：

「現在我們向著和英國相反的方向航行。很奇怪……在我們睡覺的時候，發生了甚麼事？」

先找到其他人，才能問個明白，妮妮在出發調查之前，先將《茶花女》揣在手裡。這樣一來，就算有人突然襲擊，她也來得及防範。

推開一道艙門，又推開一道艙門。

都是無人的。

軍艦上的人員全部消失了。

我和妮妮對望一眼，心中再無置疑，必定有一些可怕的事在艙上發生了。

我開始胡亂猜測：

「我們不會是上了幽靈船吧？」

妮妮面色凝重，回答：

「我們已經是靈體了，還怕甚麼幽靈？只怕是有人在作怪……我要去船長室看看。你最好準備一下，一發生意外狀況，我要甚麼書，你就要立刻交給我。」

我和妮妮心意相同，馬上走向船長室。

船長室的門閉著，卻沒有鎖上，妮妮向我打了個眼色，就由我輕輕拉開門。

在船長室裡，船長和軍員都消失了，只剩一堆衣物，我便知道他們可能已遭遇不測。

「啊！」

我忍不住驚呼。

船長室的地板居然穿了一個大窟窿。

破開的地板就像掀起的罐頭蓋。

大窟窿是怎麼弄出來的？

我霎時想到了大海怪……我戰戰兢兢地站到窟窿旁，發現窟窿連穿兩層，直達下面的艙室——我看過整艘艦的構造圖，那裡是放置主引擎和鍋爐的機房，佔據了底下三層，亦是艦身內部最大的空間。

由那個窟窿往下望，有一個身穿海軍制服的大胖子。

他也瞧著我和妮妮，目光中盡是狡黠的光芒。

妮妮看著這個人，露出相當吃驚的神色。

「他是誰？」

「大仲馬！」

3

那是個很大很闊的窟窿，幾乎橫跨整個船長室，粗略估計，三分之一的地板都毀了。

我透過窟窿，瞧著下層船艙裡的胖男人，又問了一遍：「他就是大仲馬？」

妮妮十分肯定地說：「他胖得和南瓜一樣，我很難認錯人。」

大仲馬，《三個火槍手》的作者，地下法國的領主。

絕對沒想到大仲馬就在我們的艦上！

用電玩遊戲的語言來說，這是突如其來的首腦戰。

大仲馬是個大胖子，一頭鬈髮，那套不合身的白色制服，令他看來像滑稽劇的丑角。

不知他用了甚麼方法，竟然成功潛入了這艘軍艦。事實擺在眼前，我們脫離了航線，必定是他動的手腳……這如何是好？

妮妮說過大仲馬的書靈非常強大，她現在還不是他的對手。

大海茫茫，可以往哪裡逃？

「尊貴的尼莎白小姐，我在這裡遇見妳，真是天大的驚喜！我找來找去也找不到妳，所以先解決掉其他人。現在不會有人來打擾，我可以和妳好好談一談嗎？」

大仲馬由下瞧上，話聲很大，傲氣凌人。

「你堂堂法國國王，竟然親自出馬，對我來說才是天大的驚喜呢！」

妮妮說到「國王」兩字，特別加重了語氣，顯然在諷刺大仲馬是個獨裁者。妮妮滿顏倔強之色，但我知道她暗自已在提防，將手指插進了《茶花女》的書頁裡。

大仲馬手上有一本翻開的書，我察覺了這一點，就知道他隨時會發動攻擊。

他一點也不著急，仰著頭和妮妮對話：

「我早就開始監視英國海軍的行蹤，等到你們逃無可逃，我才出手。」

「出人意表，真有你的寫作風格。」

「妳應該聽說過我的厲害。妳絕對打不過我，我勸妳快交出五環書投降吧！」

「一個厲害的法國男人，不會欺負女人，也不會搶女人的財物……原來大名鼎鼎的大仲馬只是個流氓嗎？」

妮妮罵得真好，不愧是惡女！

她說中了大仲馬的痛處，令他惱羞成怒。

「哼。我們走著瞧吧！」

大仲馬露出輕蔑的笑容。

突然間，有兩支飄浮的騎士矛槍在他面前出現。兩支矛槍直挺挺的與地面平行，緩緩向上升起，升到對準我和妮妮的高度，槍頭正向著我倆。

我的反射神經比思考還要快，深知不妙，立刻推了妮妮一把。

那兩支矛槍同時轟出機關槍式的炮火！

兇猛的火力在牆上留下豎直一線的彈孔，要是我和妮妮剛剛躲避不及，身體一定已變成了蜜蜂窩。

我心裡驚呼：「莫非這就是大仲馬的書靈——《三個火槍手》？」

忽然間聽到「咔、咔」的聲音由那兩支矛槍的內部發出，然後兩支矛槍一左一右，由中間開始向橫移動，各自追擊我和妮妮。

轟轟轟轟轟轟！

再度開火！

船艙的夾層只是很薄的甲板，矛槍的炮火密度就像鋸齒的牙，轟穿內甲板，在牆上留下灼熱的彈孔。

我和妮妮各自向兩邊逃竄，眼看就要被逼向牆角，亦來不及找掩護。我把心一橫，攀住地板上那個大窟窿的邊緣，掉到下層，幸好樓底不高，我著地時蹲下卸力，雙腳只感到微微疼痛。

我望向對面，妮妮的做法和我一樣。

矛槍往下移動，自動追蹤……

艙室三面皆壁，地板窟窿又成了唯一的逃生口。

我也只好故技重施，穿過地板再往下掉一層，跳到樓下主引擎艙的上層平台。整個主引擎艙樓底比較高，面積比想像中大，四側有中空的鐵架平台，構成上下兩層，我現在置身的地方就是上層。平台有鐵階梯通到下層，下層有十多台機器鍋爐和儀錶，到處可見縱橫交錯的管路。

這時，大仲馬已離開了艙房，並關了上門，打算將我和妮妮困死在這裡。

糟糕！

由於情況太危急，背包在我的身上，妮妮手上只有《茶花女》。我在平台的這一側，而她在另一側。

咔、咔……

又是那種機關槍上彈的響聲。

幽靈似的騎士矛槍再度在眼前出現，我嚇了一跳之後，馬上逃向一邊，剎那間，震耳欲聾的炮火彷彿擦過腦後而過。

矛槍總共有兩支，在半空浮游，只循著一個方向移動，彷彿擁有自我意識一般，自動追蹤我和妮妮，弄得我倆分頭落荒而逃。

當我蹬蹬蹬沿著鐵梯走到下層，妮妮仍在上層，遠遠的大聲喊叫：

「快找出書靈的真身！」

在過去的一星期，妮妮教了我不少戰鬥的法則，我當然曉得書靈分為兩類：物理攻擊系和特殊能力系。

使用書靈必須消耗精神力，當中也有「單次消耗」和「按時間消耗」的分別──這也是物理攻擊系和特殊能力系書靈的區別，前者的召喚必定是單次消耗性的。

假設我的精神力共有十點，我只要付出固定點數〔**譬如五點**〕，就能召喚出物理系的獅王亞斯蘭；可是，假設特殊能力系的《茶花女》的精神力消耗值是每秒兩點，那麼我就只能用上五秒左右，之後就會虛脫。

雖然部分特殊能力具攻擊性，但要維持這麼久的炮火轟炸，我敢斷言大仲馬的書靈是物理系。

和特殊能力系不同，物理系的書靈一定會有實體，憑其自有的意志進行作戰。

要令物理系書靈消失的方法有三：

一、殺死大仲馬；

二、破壞大仲馬手上的書；

三、直接殲滅書靈的本體。

由於大仲馬已逃出這密封的艙室，所以首兩個方法行不通，只剩下最後的手段——

找出書靈的本體，並且幹掉它！

4

兩支騎士矛槍有如兩團魅影，一忽兒出現，一忽兒消失，循著隱形的軌跡移動，追蹤著我和妮妮亂彈掃射。

「這是大仲馬那本書的書靈——自動追魂槍！但矛槍不可能是書靈的實體，因為實體是不可能消失的！」

妮妮看出了一點端倪，在上層的平台上大叫，向我提點。

　由於大部分書都在我的身上，我要盡力幫忙，最好當然是直接殲滅敵人的書靈。

　所有物理系書靈都一定是看得見的實體。

　實體在哪裡？

　這一層都是鍋爐機組和儀錶，鍋爐與鍋爐之間都有通道，數以噸計的排水聲響徹整個艙室。

　要從哪裡開始找好呢？

　轟轟轟！轟轟轟！

　上上下下左左右右，炮火射穿了鐵管，熱騰騰的蒸氣由機組洩漏出來，四周瀰漫著硝煙的氣味。

　有一次矛槍追到我的面前，我還以為死定了，僥倖的是它的子彈剛好用完了。聽著矛槍上彈的機關運作聲，真是驚嚇得連心臟也要跳出來了。

　我死命地逃竄，右手緊緊握著《納尼亞傳奇》。這是我方唯一具攻擊力的書，但我知道不可以貿然召喚亞斯蘭出來，在這個四面密封的船艙之中，身軀龐大的亞斯蘭面對矛槍的掃射一定難以閃躲。

　矛槍只能橫向移動，時隱時現，在浮現之後就會炮火狂轟。

　這時候，大仲馬已走到上層的船長室，呵呵怪笑，透

過頂上的那個大窟窿，看著我和妮妮狼狽奔跑，就像看著兩隻在籠裡被貓追趕的老鼠一樣。

大仲馬幸災樂禍，衝著妮妮大喊：

「怎麼還不用《茶花女》？嘿嘿！」

《茶花女》的特殊能力極度耗損精神力，萬萬不可亂用。我也瞧出來了，大仲馬造成這個困局，就是催迫妮妮使用《茶花女》來擋子彈，只要等到我們的精神力耗盡，他之後要宰要捉，我們也再無抵抗之力。

當務之急是找到敵人書靈的實體，可是現在連閃躲炮火也應接不暇，要展開地毯式的搜索談何容易？

不過，我真的想不透，在這個船艙內只見機件，這邊一排鍋爐，那邊一排鍋爐，看來看去都是一色一樣，發出呻吟一般的聲音。我在下層繞來繞去，沒有發現任何可疑的東西……哪裡藏著書靈的實體呢？

難道書靈的實體很細小？

還是說，它在很顯眼的地方，我卻視而不見？

每當到了牆邊，我就要馬上拐彎，在矛槍來到之前，趕快繞到它的後方。我會這樣做，是因為發現矛槍有一個弱點：如果它要掉轉槍頭的方向，就得先消失，再次浮現時，槍頭和槍柄才會倒轉。

我也看出來了，矛槍只能橫向移動，以槍柄為中軸，只能上下水平移動來改變子彈的高低彈道……要是它能隨意三百六十度迴轉掃射，我和妮妮早就死了一百遍。

上層的鐵架平台圍繞著四壁，妮妮繞著平台走道左閃右躲，俯瞰著我這一層。

我仰視妮妮那一層，看見那些掃射在內牆上的彈孔，有的是一條橫線，有的是一條橫向的波浪紋，矛槍一邊橫移一邊射擊，就像打印機的噴墨頭一樣。

慢著！

我終於有頭緒了。

霎時間，我想到了一件驚人的事——矛槍的移動是有規則的！再回想矛槍曾經出現的位置，我隱約看到了一條固定的軌跡。

船艦是個正方形，子彈射在牆上的角度一定是九十度角……

「我快支持不住啦！」

妮妮向我呼救，累得上氣不接下氣，在上層毫無發現，就走下鐵梯和我會合。

就在她奔走的時候，我卻擋在主要通道的正中央。

「你幹嘛還不快跑？」

　　正當妮妮要晃過我的身邊，我就抓住她的手臂，硬生
生扯停了她。

　　只見矛槍再移近一點，我和妮妮就會再也來不及躲
避，但矛槍就在快要碰到我們身體之際消失了。

　「怎會這樣的？」

　　妮妮這次不夠我聰明了。

　「颱風的風眼是最安全的地方。妳快跟著我走！這裡
還不安全，我們沿著這方向走，下一次矛槍出現的位置，就
是『颱風眼』。」

　　我一邊自信地喊話，一邊牽著她的手奔跑。

　　矛槍又再度在眼前出現，這次槍口正面對準我倆，但
在它沒有發彈之前，我和妮妮已經貼近槍身，直衝到槍柄的
位置。

　　接著，奇怪的現象出現了，兩支矛槍在我們前後左右
出現，矛槍圍著我們四周亂指，倏地出現又倏地消失，但槍
頭就是無法對準我倆。這證明我的猜測沒錯，這裡果然是全
艙最安全的地點，即是我所說的「颱風眼」。

　　一支槍無論如何發彈，也一定無法射中自身的槍柄，
除非它是一支槍管會轉彎的槍……要是有這種怪槍，我也只
好認命了。

我確定現在處於安全地帶，便向妮妮解釋：

「妳留心看看吧！兩支矛槍的出現看似鬼幻莫測，但真正的移動軌道只有兩條。妳記得我們在甲板上看過的移動炮台嗎？都是一樣的。矛槍只能依照固定軌道出現和移動，這兩條軌道交錯，形成一個『十』字，橫跨整個船艙⋯⋯『十』字的中心點，就是最安全的地方。」

當兩支矛槍一直一橫出現，兩槍之間的夾角必定是九十度角。

我和妮妮之前一見矛槍，只懂往左右兩邊逃竄，所以才忽略了這一點。

光是這樣還不夠，我們還要找出書靈的本體。

因為兩柄矛槍依循「十」字的軌道來移動，「十」字的中心點是最安全的，這一點亦很大可能是書靈本體的隱藏位置。要找出這一點也不難，因為那就是兩槍軌道之間形成直角的相交點，只要先到達第一柄矛槍的移動軌道上，再轉身九十度角，直走向第二柄矛槍的槍柄就是了。

「哦！」

妮妮恍然大悟之際，低頭望向我們的腳下。

書靈可以是任何可以想像出來的東西，這一次出現的書靈本體，竟然是個裝嵌在地面上的方型機關基座，不停發

出咯咯的機器運轉聲。在一堆鍋爐的機件之間，這個基座毫不起眼，微微隆起，只有水渠蓋一般的大小。

是時候解決它了。

「*The Chronicles of Narnia*！」

我雙手翻開《納尼亞傳奇》。

金光一閃，亞斯蘭現身，一腳踏破了整個基座！

5

「哼！想不到這小子壞了我的大事！」

大仲馬拋下這句話，掉頭就走。

我和妮妮爬到亞斯蘭的背上，借助牠的跳躍力，躍到上層的船長室。由於亞斯蘭的身軀太大，穿不過門口，我只好將牠收回書中。

我們一路追出去，發覺大仲馬正在甲板上，腰背挺直而立，再無逃跑的意思。巡洋艦前端的甲板很長，幾乎沒有任何障礙物，風很大。

甲板後端只有汪洋大海。

太好了！我們打敗了大仲馬的書靈！根據這世界的法則，書靈被滅後，在二十四小時之內也不能再被召喚。現在

終於輪到大仲馬一嘗挨打的滋味。

不過，這時我瞟了妮妮一眼，她的面色卻很難看。

「剛剛我們打敗的，只是大仲馬的《基督山恩仇記》……他還沒亮出他最強的一本書。」

妮妮一句話，就令我的心情跌入谷底。

大仲馬訕然一笑，將手上的書收回腰包，抽出了另一本書。

這個大胖子還故意挑釁，高高揚起手中的書。

「Les Trois Mousquetaires……」

隔著一大段距離，妮妮應該瞧不見書名，但還是唸出了書名。我不懂法語，可是早就聽聞不少大仲馬的事蹟，豈會不知他手上那本就是舉世皆知的《三個火槍手》？

為了對付兩支騎士矛槍，我已消耗了一半精神力，接下來能否活命，就要靠妮妮了。

還好先前一戰全憑頭腦取勝，妮妮因此保留了充沛的精神力，現在她右手拿著《茶花女》，儘管口口聲聲説過沒可能打敗大仲馬，但這一次是豁出去迎戰了。

大仲馬瞪過來的目光，充滿了恨意。

「貓捉老鼠的遊戲玩完了，我們來做個了斷吧！我來這裡之前，接獲一個壞消息，我的兒子死了，就是妳幹的好

事！我最痛恨的就是『謀書害命』的匪徒。今天，上帝給了我一個復仇的機會，我是不會饒過妳的！」

「甚麼？你把這筆帳怪到我的頭上？」

「妳不用再狡辯了……《茶花女》在妳手上，就是最好的鐵證了。」

妮妮和我登時一怔，便想到可能有人挑撥離間，將小仲馬之死嫁禍給我們。說到小仲馬之死，我們難辭其咎，要不是偷走了《茶花女》，他也的確不用枉死。現在解釋也未必有用，彼此水火不容，大仲馬哪會聽信我們片面之詞？

我一臉無奈地看著妮妮。

她毫不在乎受冤的事，只是淡淡然說：

「這本書是小仲馬先生送給我的，你信也好，不信也罷……就算我是清白的，你也不會讓我帶五環書離開吧？在決戰之前，大仲馬先生，我可以問你一個問題嗎？」

這個關頭，妮妮居然還有閒情和敵人聊天。

大仲馬好奇起來，冷笑了一聲，大喝：

「嘿！對一個快死的人，我會很仁慈的。」

妮妮竟然一片至誠地說：

「我很喜歡你的書，是真的很喜歡，你寫的故事充滿了正義感。你一直宣揚騎士精神，很反對君主專政、階級觀

念⋯⋯你是個寫得出那種好作品的大文豪，為甚麼會向浮士德出賣靈魂呢？」

大仲馬用空洞的眼睛望過來，緩緩地說：

「我不是單單為了錢才效忠浮士德的⋯⋯我是為了和平。遇上無法戰勝的敵人，就只好歸順，成為他的夥伴。我所做的一切，都是為了法國，避免生靈塗炭的戰爭。只有統一，世人才會有真正的和諧，如果英國人得到了五環書，歐洲又會陷入戰亂之中⋯⋯」

妮妮出言譏諷：

「你只是個懦夫！你和敵人同流合污，他們沒奪走你的性命，卻奪走了你的靈魂。你只是個殺人犯！年輕人就是國家的未來，你為了虛假的繁榮與和平，殺害了幾千個滿懷熱血的年輕人！他們有信念，而你沒有！」

大仲馬本來不怒不笑，聽了此言之後，滿顏勃然漲紅，單手掩著眼鼻。從他的指縫裡露出了凶殘的目光，當他擱下手掌，面色變得嚇人，彷彿戴上了惡鬼的面具，額上青筋暴現。

他好像變了另一個人。

「哼！和妳這個小鬼頭說下去，妳也不會明白的。上帝給了我這樣的力量，就證明我是對的！要不然，妳可以打

敗我試試看！妳準備受死吧！」

我看著大仲馬翻開手中的書，也暗自緊張起來，早已聽聞《三個火槍手》是一本很可怕的書，很快就可以看到它的真身了。

妮妮盯了我一眼，下了個命令：

「你躲在我後面！」

這番話侮辱了我的尊嚴！我哪有這麼沒用？正當我生氣之際，卻瞧見妮妮用空出來的手，在背後做出了一個手勢。我知道這是她給我的暗號，便乖乖溜到她的身後。

妮妮和大仲馬對峙，海面激起黑色的巨浪，大風吹得兩人的頭髮凌亂。

我想起電影裡的場面，兩個西部神槍手決鬥，也是像這樣隔著一段步距，遙遙面對面瞪視，在拔槍的一瞬間就會分出勝負。

日光漸漸消逝，晚空的紅霞緊貼著地平線，就像沉澱在試管底部的液體。

天空壓著沉重的氣氛，這是關乎生死的決鬥。

大仲馬很瞭解「絕望的牆壁」的弱點，目中無人地說：「妳的《茶花女》可以維持多少秒？十秒？二十秒？擋得一時，擋不了一世，精神力一耗盡，妳就完蛋了！」

雖然他不相信妮妮能有一絲勝算，還是奇怪她的自信從何而來。

事實上，我和妮妮在路上做過練習，即使在妮妮精神力全滿的狀態下，使出防禦的「絕望的牆壁」，也頂多只能維持五秒左右。

這五秒就是決勝的關鍵。

五秒之後，如果妮妮沒有拑制敵方書靈的方法，那我們就是死定了。可是，我方唯一具攻擊力的書就是亞斯蘭，但搞不好一出場就會遭受「秒殺」，故此大仲馬才擺出一種有恃無恐的囂張態度。

對方的書靈是千軍萬馬也擋不住的《三個火槍手》。

《茶花女》毫無攻擊力，只能用來防禦，我們有方法擊垮這麼強大的書靈嗎？

海風彷彿帶著血腥味。整片甲板也在搖搖晃晃。視線裡的地平線也在一瞬間歪曲了。

波瀾止於平靜，船身不再起伏。

大仲馬和妮妮各自喊出召喚書靈的咒語：

「*Les Trois Mousquetaires*！」

「*La dame aux Camélias*！」

6

「*Les Trois Mousquetaires*！」

唸出書名，就是召喚書靈的咒語。

一道擎天的光束在半空中展開，《三個火槍手》的書靈終於現身了。

我目瞪口呆。

眼前出現的是一座遮蔽天空的龐然大物，輪廓漸漸浮現，巨大的重金屬上半身銲接在重型裝甲車上，頭盔裡的眼睛露出兇惡的目光，而裝甲車兩側的履帶滾輪高速滾動……用一句話來描述，就是超巨型機械人坦克！

當它重重降落在甲板的一刻，整個艦身也在激晃下沉，真的有股天搖地動的震撼力。

「天呀！這書靈也太巨大了吧！」

我第一次目睹這麼嚇人的書靈，不禁驚呼出來，也想通了為甚麼它一攻擊，幾千個革命青年立時死無葬身之地——它一輾過，連樓房都會夷為平地，更何況是靈肉之軀？

我心跳加速，看著趾高氣揚的大仲馬，又看著全神貫注的妮妮。

「想好了遺言沒有？」

　　大仲馬算準了位置，巨大坦克機械人垂下右臂，他就踏上了機械人的掌心，再以一個居高臨下的姿態藐視著我倆。這一招真是賤招，只要他在機械人的掌心上，我們要攻擊他就變得極為困難。

　　妮妮不但沒有畏縮，反而前進一步。

　　隆隆咯咯，齒輪和機器運轉時的操作聲響起，坦克開始加速直衝，排山倒海似的風壓向我們這邊擠壓過來。在甲板上無處逃逸，只要坦克的履帶滾輪一過來，我和妮妮就會即時成為肉醬，下場和汽車輪胎下的死老鼠一樣。

　　「*La dame aux Camélias*！」

　　連接半空與甲板的超巨大透明牆壁及時出現，猶如一片天幕，擋住了坦克機械人的衝撞。

　　比我倆大上百倍的巨大機器人就在透明牆的彼端，只有十尺之隔，一等到「絕望的牆壁」消失，它又會像蠻牛一般的衝過來。

　　「一秒、兩秒⋯⋯妳能支撐幾秒？在大象面前，你們只是可憐的小老鼠！嘿嘿！」

　　大仲馬的兒子就是《茶花女》的作者，他當然熟知這本書的屬性，絕對的防禦必須付出沉重的代價，妮妮始終會有耗盡精神力的一刻，那一刻也就是我倆的死期。

　　的確，「絕望的牆壁」是消極的防禦法，雖然敵人無法穿越牆壁，與此同時我方也無法攻擊對方。

　　五秒，這是妮妮的極限。

　　「兩秒就夠了——*Le Petit Prince*！」

　　妮妮整個人趴下之後，才向著大仲馬喊話。

　　由《茶花女》召喚出來的牆壁是透明的。

　　光能穿越透明的牆壁——

　　根本不用等到五秒，妮妮就使出了下一招，書靈的外形和特質由意念而成，所以合乎我們所認知的物理概念。雖然我閉著眼，但心裡明白，將會有一顆太陽般耀眼的光球，突然出現在半空，恰好是大仲馬眼睛的高度。

　　——耀目之星！

　　同時召喚？

　　「糟糕！」

　　大仲馬這樣想的時候，眼睛已感到一陣劇痛。

　　經過一連串模擬戰鬥和練習，我和妮妮已培養出一種她稱之為「主人與奴僕」的默契。剛才我在背後將《小王子》交給她，一遞一接乾淨俐落，簡直是完美的交棒動作。

　　我亦早有預防，在她進行召喚之前，整張臉埋在地板上，緊閉著眼睛，所以沒被強光弄瞎。

一個人有一雙手，同時可以打開兩本書，連續召喚書靈是可行的事，也是極難掌握的高級技術——妮妮可以做到。

妮妮傾盡所有的精神力，將一半用在《茶花女》這本書上，造出兩秒半左右的時間間隔，然後用剩餘的精神力來使出《小王子》的特殊能力。

她只是賭上一把，要不是大仲馬太過輕敵，沒料到有此一著，這種奇招也不會輕易奏效。

「大仲馬，後世對你的評價果然沒錯……你的作品，好的可以是傳世佳作，壞的粗枝大葉，連垃圾都不如……你本人也是個疏忽大意的人！」

聽到妮妮的話聲，我才睜開眼睛。

只見大仲馬抱頭疾呼，不停搓著自己的眼皮，明顯已失明。

巨大坦克機械人雙眼的凶光也變得黯淡。

太好了！

在強弱懸殊的劣勢下，我們成功拑制了《三個火槍手》的書靈！

7

都怪大仲馬疏忽輕敵，妮妮的奇襲成功，現在這個大胖子目眩失明，無法再操作機械人坦克作戰。

「小鬼頭！」

大仲馬站在機械人的掌上，高聲怒吼。

「快逃！」

戰鬥並未就此結束，妮妮感到不對勁，拉著我走向甲板的側舷。

我回頭一看，坦克下面本已停頓的履帶滾輪又再度猛然滾動——猶如一場驟然而降的巨大龍捲風，橫空掃過，勢不可擋，向著艦尾橫衝直撞。

砰砰砰！

甲板上的障礙物盡毀，裂開的桅杆掉向海裡。

撞擊力太駭人了！

我和妮妮只是僅僅避開，坦克碾過的車轍離我們不到幾尺，真是捏了一把冷汗。

坦克一直滾到甲板的末端才停下，滾輪的履帶有少許露出甲板外，懸崖勒馬之狀。看來這個巨大機械人的感應力極強，會在貼近甲板邊緣時自動剎停。

雖然大仲馬看不到東西，但他發狂大叫，站在坦克上面，操縱坦克上的機械人揮動拳頭，左一拳右一拳，連甲板也被轟穿。拳頭刮出一個半圈，撕開懸空的甲板，坦克型機械人墜向下層，繼續往四周破壞。

大仲馬想摧毀整艘軍艦，剷平所有艦艙。

艦身左右搖晃，我和妮妮站立不穩，互相扶著對方。

咕嚕咕嚕……這是由妮妮體內發出的聲音，聲音這麼響亮，即是說她的精神力已所餘無幾。

雖然我尚剩一半左右的精神力，但我的能力有限，即使用上《茶花女》，召喚出來的透明牆僅有一扇門那般大的大小。對著眼前的龐然大物，根本就是無濟於事，我竭盡了精神力，也頂多使透明牆出現兩秒。

「慘啦！再這樣下去，就要沉船了。妳有沒有對付他的辦法？」

我感到非常無助。

「你懂不懂划船？」

妮妮指著甲板另一邊的救生艇。

這就是逃跑的意思吧？

妮妮用《小王子》發出的強光，還沒有達到令人致盲的級數。大仲馬只是暫時失明，只要他恢復了視力，我們就

會錯失逃跑的機會。

　　「其實啊……我……」

　　這是最後的求生希望。乘著坦克型機械人還未接近，我倆向著救生艇那邊直跑，途中我一直很想跟妮妮澄清我不懂划船的事……

　　大仲馬之前心神大亂，這時稍為定了定神，在寧靜中豎起了耳朵，就聽到妮妮肚子鳴叫的聲音。他赫然一轉臉，朝我倆的方向直指，抱著同歸於盡的決心，使盡坦克型機械人的馬力猛衝過來。

　　這次來不及逃了！他正中目標！我和妮妮就像危牆之下的雞蛋，眼看無論如何也是必死無疑的了。

　　有人說，人在臨死的一刻，腦筋特別靈光，就是那種靈光一閃的感覺。

　　還有一招！在十級颱風般的風壓之下，我一手抓起《茶花女》，迅即唸出召喚的咒語——

　　「*La dame aux Camélias*！」

　　吹得亂飛的書頁掉下來了。

　　沒有風了，一切就像靜止了一樣。

　　巨大的機械人坦克就在我倆面前停下了。

　　「嘎？怎麼可能？發生甚麼事了？」

　　大仲馬察覺不對勁，上上下下揮動書本，坦克型機械人卻失靈似的，停止了活動。

　　我和妮妮仰臉望著前面，只見坦克正中間穿了一條裂縫，前端的星型圖案分成了上下兩截。有甚麼銳利的東西插入了坦克，造成了致命的傷害，而坦克內部出現「滋、滋」的聲音，顯然機件已嚴重受損，無法再動彈。

　　「方士勇……」

　　我眼裡閃出得意洋洋的光芒，這一次全憑我的急智才脫險，連妮妮也不得不佩服我的戰鬥天分。

　　剛剛在半空中出現的透明牆是橫向的。

　　它就像浮在半空中的一片利刃。

　　本來，單單一片利刃的傷害力是不大的，但坦克衝刺的速度十分快，在高速之下迎向玻璃般的利刃，再被插入中心要害，這就等於是自殺的行為。正常來說，一片明晃晃的透明牆在空中出現，再笨的人也會避開——但大仲馬瞎了眼，所以根本看不到我設下的陷阱。

　　大仲馬敗在用錯了比喻，我們是老鼠，但老鼠也有反抗大象的力量！

　　這一刻，我和妮妮終於得到真正的勝利！

8

「不可能的⋯⋯」

大仲馬無法接受戰敗的事實。

「好了，你快交出手上的書投降吧！」

妮妮和我一步步向他進逼。

坦克型機械人再也動不了，大仲馬只得蓋上書本，收回書靈。受到破壞的書靈，必須等待二十四個小時才能回復狀態，換而言之，大仲馬已經毫無反抗的能力，只要我們召喚亞斯蘭就能解決他。

大仲馬睜著雙眼，歇斯底里，拖著肥胖的身軀倒後走，到了甲板的邊緣。

「嘿嘿嘿！」

出乎意料之外，大仲馬長呼一聲，突然再倒退一步，向後踏空，連人帶書跌向大海。「撲咚」一聲由下方傳來，當我們衝前去看，只看見海面濺起的水花。

一代大文豪就此長眠深海。

果然是有夠豪邁的死法。

完結了⋯⋯

勝利⋯⋯

我和妮妮精疲力竭。

打敗了大仲馬，相信他在法國的政權不久後就會土崩瓦解。從種種徵兆來看，大仲馬已受到浮士德的洗腦，這種洗腦術可能有保護機制，只要書靈的擁有者失手，就會毀滅自己的書，免得讓敵人奪書。

無法奪得《三個火槍手》，雖然是有點可惜，但我很明白，勝了這場實力懸殊的硬仗已是相當僥倖的事。

我和妮妮鬆了口氣，想到合作得勝的喜悦，便互相擊掌慶祝一下。

啪啪、啪啪……

奇怪的事發生了，在我們擊掌之後，竟然聽到斷斷續續的拍掌聲。

掌聲來自上空。

一根黑色的羽毛從上空徐徐墜下。

眼前，就像變魔術一樣，那根黑色羽毛著火一般的燃燒了。

黑色的灰燼灑落在地上，猶如凋萎的花瓣。

我和妮妮怔怔地望向上方，不由得呆住了——

紫紅一片的晚霞下，出現一個背上長著黑色翅膀的男人，他鷹鼻銳目，身披戰袍一般的連帽紅衣，帽上頂著金葉

子編織成的冠冕。

那男人飛了下來，降落在破爛不堪的甲板上。

他的眼神，冷酷而凌厲，直勾勾地瞪著妮妮。

然後他冷笑。

「幸會。妮可蕾・安蒂德貞・尼莎白小姐──早已久仰小姐的大名，今日有幸見妳，真是我的榮幸。」

我呆呆聽著那人對著妮妮所說的話，那個饒舌的安甚麼德甚麼貞，應該就是妮妮的中間名……要記住她的全名真的不容易。

「哼。」

妮妮只是用鼻子回答了一聲。

「嘿。浮士德皇上擔心有變故，以防萬一，就派我來接收五環書，果然是英明的決定。大仲馬栽倒在你倆手上，真的很令人吃驚。」

那個懂飛的男人原來一直在冷眼觀戰。

紅色的戰袍，黑色的翅膀，這種紅與黑的配搭，簡直是瀟灑得無與倫比。而那男人英姿煥發，有著古希臘雕塑一般的面孔，雙眼充滿懾人的魔力。

「這人是誰？」

我怔怔地問。

「但丁。《神曲》的但丁。」

妮妮咬著唇。

不會吧？我們剛剛才經歷了九死一生的激戰，然後又要和新的敵人戰鬥？現在身處茫茫大海，就算是跳海也沒輒啦！

唯有希望那個懂飛的男人是個中看不中用的弱者……

「他是浮士德的左右手，率軍征服世界的大將軍。」

大將軍？這也太強了吧！

天呀！

面對這樣的強者，我倆還可能活下去嗎？

妮妮似乎猜中我的心思，苦著臉搖了搖頭，緩緩地說：「我們毫無勝算。年代愈久遠的書，威力愈大……《神曲》是1321年著成的書，具有『地獄』、『煉獄』和『天堂』三種特殊能力……是強大得超越我們想像的書。」

我倆手上有用的書，最早成書的也只不過是1848年的《茶花女》……而我倆的精神力幾乎耗盡，除了等死，還可以怎樣？

一絲微笑在但丁的嘴角揚起，似乎很同意妮妮的說法。

「果然很有卓見——不愧是浮士德大帝的姐姐。」

浮士德的姐姐！？

聽到這個震撼的事實，我根本說不出話，只是張目結舌地瞧著妮妮。

妮妮瞳孔中出現了一種極度憂傷的顏色。

「浮士德大帝有令，格殺勿論！」

時間彷彿在一瞬間停頓了——

但丁——《神曲》——煉獄！

【法國篇完】

epilogue 後記

法國，名牌的集中地，無數大嫂和富家女眼中的購物天堂。法國貴為世界第一的旅遊大國，巴黎更是一顆時尚明珠，每年入境的外國旅客多逾八千萬人，超過法國的人口總和。

1789年，一場大革命在法國爆發，其後的影響遍及整個歐洲，將一直蹂躪老百姓的封建制度及君主制徹底推翻，世界歷史進入前所未有的嶄新階段。

艾菲爾鐵塔是法國的標誌，本來是1889年世界博覽會的紀念塔。大家又會否知道，當年在巴黎舉行世界博覽會，就是為了慶祝革命一百周年？

協和廣場是位於巴黎市中心的旅客區，林蔭綠翠，雕塑雄偉，誰又會知道，那裡曾有著一段血腥的歷史，遙遙的歲月之前曾豎立一座斷頭台，第一個遭處決的人就是法國國王路易十六。

法國的國慶日為甚麼是七月十四日？歷史上的七月十四日，就是法國人民攻佔巴士底監獄的日子，烈士以血肉擋住炮火，最終取得人民的勝利。

法國大革命的成因相當複雜，既有社會和政治因素，又和經濟蕭條息息相關，一連串導火線，直到「網球場誓言」為革命史揭開序幕……

革命前的法國民不聊生，那是一個很不平等的時代。國王窮兵黷武，苛稅斂財，漠視旱災，干擾言論自由，置滔天的民怨於不顧，只管在腐敗的奢華中逸樂。地主、貴族和特權階級壓榨黎民，將他們的血汗錢用來建設自己的宮殿和城堡。

在革命之前，國民分為三個等級，兩個上級是僧侶和貴族，除此以外的人全都歸類為第三等級。第一、第二等級的人只佔全國總人口的1%，但他們卻擁有社會上大部分的財富和權力，貧富懸殊的嚴重程度無以復加。

「人人生來始終是自由平等的。」

這就是法國大革命背後的精神。

時至今日，在不少文明先進的國家和城市，這樣的思想紮根民心，並視之為理所當然。儘管我們如今認為「一生為奴」是很荒謬的事，但在幾百年之前，「人人平等」才是異想天開的謬事，可憐的人只能默默接受自己的厄運。

無可否認的是，大革命帶來的不是一個最理想的結果，而只是為人類解放之路譜奏出序曲。

革命之後，白色恐怖無處不在，弄權或蠱惑人心者有之，期間更有無辜的人受到牽連。但這不能否定革命的意義，風風雨雨過後，國民在民主的道路上不停自我修正，終究是捍衛了《人權宣言》，成立共和國，結束了君主專制的統治。

經過顛顛簸簸的兩百多年，當年在法國萌芽的希望種子，如今總算是結成了成熟的果實。

民主的根本意思，乃是「人民是國家的主人」。

從來無人可以保證，民主選出來的領導者一定是賢君，大多數人的意見未必是絕對正確的意見，三個臭皮匠，也未必可以勝過諸葛亮。

然而，無數歷史已證明了人性中最大的弱點：

權力使人腐敗。

絕對的權力必然帶來無止境的腐敗。

就是因為有了民主，人民才有了當家作主的力量，由人民來監察政府。就算當權者麻木不仁，我們也有法子搞垮台，把他從政治的舞台上拖下來。

故事裡的黑帝浮士德是個獨裁者。

就是因為他擁有強大的力量，才可以為所欲為。

民主並不是完美的，但直到目前為止，它是人類發展至今比較上優良的政制模式。言論和新聞自由、公正的法律和審判程序……這些美好的一切，都與民主息相關。

這就成了《書中自有五環戰士》要探討的主題之一，期待我能在這部系列當中，表達出我的理念和正義！

創作此書期間，適逢柏林圍牆倒下的二十周年紀念。

德國曾分裂成為東德和西德，就在1989年11月9日那天，東德共黨中央委員會發言人君特・沙博夫斯基〔Guenter Schabowski〕宣布開放邊境，促成分隔東德和西德的柏林圍牆倒下，兩德重歸統一。

他回顧說：「老實說，我是想拯救東德。11月9日其實有可

能是血腥結局，我們很幸運。」

一念之差，就改變了整個德國的歷史。

二十年前，假如有相似的事發生在我們的國家，我相信那會是一齣悲劇。

和諧才是最重要的。

但願這樣的悲劇永遠不要在我們的國家上演。

故事涉及西方的大作家，純粹創作，並無半點冒瀆之意，還望各位朋友諒解。本人並非研究歷史的專家，對政治及文學亦只是略知皮毛，斗膽亂寫，未免貽笑大方，如果有悖事實，勞煩有心人給我來信指正。

因為創作這部作品，我搜集了大量的資料，單是購買相關的書籍也用了一大筆錢。我讀到很多作家的生平，他們大都受盡命運的折磨，不是流離失所，就是窮得沒內褲穿。

……我一顆心也就涼了半截。

想通了的話，習慣貧窮也可以是一件愉快的事。

天航、天航……一切由天決定，這不就是我的筆名嗎？

我知道，我有很多很棒的讀者。

當我決心走上作家之路，我的身上就帶著很多人的夢想。

繼續寫，就會有希望！

奇蹟定會出現！

天航

此書初版在2009年11月出版，再於2014年修訂。

修訂版後記

甚麼是經典名著？就是你可能聽過書名，卻從來不會真的翻閱的作品。

過去半個多世紀是和平的世代，戰爭對很多人來說，只是教科書上的文字記錄。已發達地區的人民迎來了史無前例的富裕，但世人的心靈卻變得貧瘠和空虛。

到了資訊世代，一人一台掌上型設備，我們每天不停接受大量的信息，大腦漸漸變得被動，具備快速閱讀的機能，深入思考的系統卻發生故障。

資本主義鼓吹吃喝玩樂，尤其在香港這樣的社會，會看書的人愈來愈少，會閱讀文學作品的成年人近乎稀罕。

儘管如此，我仍然相信文字的力量。

只有用文字，才能闖進別人的內心，喚醒一個人的靈魂。

因為閱讀是一個主動的過程，當一個人願意翻開一本書，就是代表他願意敞開心扉。

我這部作品是寫給小朋友，以及童心未泯的成年人。希望大家可以想起，小時候閱讀過的書，曾經帶給我們那種簡單而美好的快樂。

這一本書，《書中自有五環戰士》法國篇，曾經絕版了四年以上。拖延至今才重出，除了因為我積欠了太多稿債，也因為我決心要琢磨整本書的一字一句。我覺得之前寫得不好，一

直想重寫，直到近年才有一點開竅，雖然未必正確，但總算摸索出一個值得嘗試的創作方向。

心理學是我大學時的主修學科，我一直覺得學而無所用，卻萬萬想不到，眾多心理學的理論和概念都可以融入到這一次的創作當中。我曾經暗暗罵過心理學家是騙錢的職業，這門學科對人生毫無貢獻……現在我真的要懺悔和道歉了。

哲學、文學、心理學……這些人文學科，不會對你將來賺錢有幫助，但可以教你看清楚這個世界的方法。

我相信，全人類有一個原始的共通心靈世界，超越所有語言的隔閡，不同膚色的人種都會有相同的思路和感動。

而串通每個人心靈的力量，就是文學。

在漫長的人類歷史之中，只有寥若晨星的作品流芳百世，閃爍著千古不變的光芒。由此可見，我們稱之為經典名著的作品，它們都有時代淘汰不了的價值，屬於全人類共同擁有的精神遺產。

偉大的作家沒有離我們而去，他們與我們活在同一個時代，他們的文字蘊含拯救整個世界的力量。

我堅信如此。

所以，才有了這個系列。

天航

2014年初春

Book Wars Vol.1

書中自有五環戰士

【法國篇】

作　　　者	天航	
插　　　畫	KAI	
設　　　計	芝麻羔	
	Emily Lynn	
編　　　輯	郭東杰	
	胡錦天	
出　　　版	天航文創（南軟）有限公司	
	（出版負責人：黃黎兼）	
發　　　行	泛華發行代理有限公司	
	香港新界將軍澳工業邨駿昌街七號	
	電話：27982220	
承　　　印	美雅印刷製本有限公司	
出 版 日 期	2024年6月　初版	
	（此作曾由天航出版社於2009年出版）	
ＩＳＢＮ	978-988-76851-5-9	